仙手

孙颙 著

上海文艺出版社

目录

蚂蚁与人
001

摊牌
082

仙手
108

醉爷
127

后记
195

蚂蚁与人

一

在夕阳的阴影中,她呆坐了很久,很久。纹丝不动,像一尊大理石雕塑。

高楼的顶层,视野无比开阔。望得到黄浦江著名的大转弯,望得到东岸正在开发的热土——标志性的建筑,东方明珠已经耸入傍晚厚积的云彩。

她坐在临窗的红木圈椅上。窗台很矮,巨大的窗户,玻璃是特制的,窗外的视线进不来,由内往外看，却清晰得很，风景一览无余。这套气派宽敞的大房，是先生的父母送给他们的结婚礼物。那时候，公公婆婆对她无比中意。夸她外表温婉秀美，脾气软中带刚，处事落落大方，言语不卑不亢。公公称她兼具小家碧玉和大家闺秀的长处。新婚前后，她对嫁入齐家，同样充溢着无限美好的遐想，举手投足，让公公婆婆感觉她发自内心的谦恭。齐家的独子，天分不高，从小多病，与世无争。有她这么一位智商高、能力强的媳妇进门，让老人们无比放心。婆婆信佛，家里虔诚地供着观音菩萨，初一和十五都吃素。婆婆认为，是观音给齐家送来好媳妇，因此，专程带她去普陀山烧香还愿，拜谢菩萨恩典。

准备婚事的当口，公公婆婆问他们想要哪里的婚房，先生无可无不可，实际是听她的。她的愿望也简单，只要求选在近外滩处，楼层高一些。幼年，她的家在黄河路的弄堂内，那是标准"七十二家房客"的环境，拥挤、嘈杂、肮脏，小女孩想玩玩跳橡皮筋，也没有落脚的地方。少女时代，她内心深处的渴望，就是不远处那些高高耸立在浊世之上的大楼。在她眼里，那就是仙境，是可以欣赏和想象的仙境。公公婆婆充分满足了她的愿望。第一回走进这幢大楼，进入属于她的豪宅，她惊异得想哭。朝左望，是闻名世界的外滩湾景；向西南脚下瞧，隐约可以看到黄河路那一带矮旧的平房。最初，她允许齐同学走进自己的心房，是感到他老实可信，值得托付一生。没想到，齐家长辈如此看重她。她是懂得感恩的女孩，决心做齐家的好媳妇，帮助公婆，撑起这个做药材生意的家族。

现在，人去楼空，先生已经不知去向。拨过他的电话，想商量些遗留的事务，他始终没接，非常坚决地切断了联络。她知道，应该是公公婆婆设计了一切。先生的性格，她熟悉得犹如青菜萝卜，懦弱疲沓，随遇而安；因此，婚前婚后，大事小事，一直由她掌控。那个瘦削的几乎从不发火的男子,突然跳出她的手掌心,狠心到音讯全无,完全是他父母强行介入的缘故。

怪谁?怪自己疏忽?因为内心的不平衡,屈从了欲望而一时糊涂?

这套两百多平米的豪宅,曾经让她那么钟爱。墙壁挂件、家具摆设,一样样渗透着她的心血,蕴藏着女孩子美丽的梦想。公婆拿来名画家所绘的荷花,红绿相间,非常耀眼。不过,她喜欢淡雅高远的山水,公婆就依了她,客厅里挂了幅宽大的山水,是上海老画家画的富春江印象。此刻,她懒得开灯,在黄昏残存的光照里,室内的客厅和长长的走廊,空荡荡,阴森森,连同那幅山水画,也暗淡得没有半点生气,一如她的内心。

夕阳完全沉没了,黄浦江上笼罩着灰蒙蒙的水雾。偶尔出现游轮的灯光闪烁,光圈在弥漫的雾气里晃动。东岸的高楼大厦尚在兴建之中,多数没有亮灯，坚硬的筋骨黑乎乎地竖立在浓郁的暮色之中。江上起风了，那劲儿不小，听得到玻璃窗外气流旋转的喧闹。散乱的星星陆续隐没到云层后面，高空的云彩越来越黑，像是要下大雨的样子。

她的视线，在幽暗的屋子里飘飘荡荡。十几年前，西南山区，那场惊天动地的狂风暴雨，至今记忆分明。风暴似乎突然汇聚到黄浦江上，高能量地聚集着，呼啸奔腾，扑面而至。

二

山间的雨，说来就来了。先是沉甸甸的黑云从山峰后爬上来，那峰峦间有限的天空被涂抹得十分阴暗，接着密麻麻的雨阵便吞没了一切，狂风卷起碎米般的雨点打在车身上，沙拉沙拉地响，淹没了引擎粗重的气息。

这是辆老得没了牙的长途汽车。车窗虽然没

碎,但歪歪斜斜的难以闭紧,风和雨便从缝隙里挤进来,车身内飘散着湿漉漉的水雾。如果没有这场雨,再过半小时,"老爷"车好歹能驶入旅程的终点——蚂蚁镇。现在,它却惨了,像掉进海浪的舢板,被狂风暴雨戏弄得颠簸不已。驾驶员面前的雨刷紧张地来回刮动却徒劳无益,看不清山路,特别是看不清转弯的角度,玻璃窗外,只见水雾蒙蒙。驾驶员踩着刹车不敢轻易松开,车凭着下坡的惯性徐徐滚动,那速度和山区时时可见的大木轮儿牛车也差不多了。

车上只剩下稀稀落落几位旅客。两个粗粗短短的山里人在骂娘,说这龟儿子雨不能晚点下嘛,想淋坏他们从山外捎回的货?

她也是车中的乘客。她的身后,是一位长者。不必回头,她始终感觉到老人深邃的目光——希望看透她内心的目光。她微微斜过眼,漠然地瞧着窗外的雨景,脸上冷冷的,没带一丝表情,发尖沾着一层晶亮的水滴,她也懒得扬手拂去。布满水汽的玻璃,隐约反射出后座的身影。老头穿一身早已显得十分稀罕的青布长衫,眼见得不是在山间小道上为吃食奔波的老汉,要估准他的来历却也难,现在还有谁穿这样的长衫呢?他双手抱在胸前,头略微前倾,像在打瞌睡。在这辆破车中,笼罩着被困雨途的窘迫,唯有这一前一后两位乘客,没有显出丝毫的焦躁。

车子终于熄火了。它爬到一处低矮的小村落前,彻底停止了喘息,一声不吭,僵卧在大雨之下,像被抛弃在野外的废车厢。

壮得像头熊的驾驶员转过身子歪着脸,摊开双掌诉苦道:"没法子想啰,这鬼天气啊,要杀人的!到明天再说吧。各位自便,这小村子里有客栈,睡觉地方还是有的。"说罢,不待乘客们发表意见,拉开驾驶座旁的门,纵身跃进滂沱大雨里,踩着水花噌噌噌地跑去,转眼消失在坡上的木屋后面。

两个山里乘客哇哇地骂起来,说八成是驾驶员有相好的在此地,寻人家睡觉去了,把老子们撂在半途。骂归骂,手脚却麻利,将筐里的货物用油布裹严实了,开了车门掼下去,相跟着也跑向小村庄。大雨使天地过早地显得幽暗,他们的后背与肩上的大筐变成了黑乎乎的怪影。

车厢中只剩下了穿青布长衫的老人与娇小的她。老人站起来,动了动腿脚,身材还挺高的,险些儿撞着了车厢顶板。雨点正密集地打在顶棚上,像正月里送灶神的鞭炮,响得让耳朵发麻。老头眯起眼,瞅了瞅纹丝不动的她,忍不住发话道:"他们都去了,我们也该去寻客栈,这车厢中总没法过夜。"

她缓缓转过头来,清秀的脸上那一对躲在长睫毛下的眼眸,竟然闪出一片茫然。她勉强笑道:"您随便吧,我好歹都是一样。"

他们几小时前刚刚认识。县城车站里,她买票后,连票带钱包都让人扒了,正不知所措,穿青布长衫的老人伸出侠义之手,多买一张票,让姑娘上了车,所以彼此知道,二人的目标都是终点站——蚂蚁镇。偏偏一场急雨,把一老一少都堵在了半路。

老人猜想,姑娘丢了钱包,不敢去住客栈,便以长者关切的口吻道:"你不能独个儿在这里熬夜,不安全。随我走吧,那一点住宿费,我先垫上,没关系,都是行路人,谁没个难处?"

她冷冰冰的脸上泛起些许暖意,像是难违老人一片好心,她犹豫着,终于站起身,将一只小小的布袋儿夹在肋下,走向车门口。

狂暴的山雨肆虐着世界,岩石滚动,从崖上往下掉;歪倒的树斜卧在水地里。老人带来的油布伞仅是象征性地起作用,他们走进小客栈时,都湿得像融化的雪人,滴滴答答直往下淌水。

所谓客栈，是土坡上一幢黑黑的旧木屋，门窗破破歪歪，挡雨尚可，风是防不住的。木屋的骨架倒还结实，那梁比人的脑袋粗得多，正中堂屋的柱子也比姑娘的身子粗一些。它们肯定经历过暴风雨的无数次来袭，依旧安详地岿然不动，使投奔它的客人们内心产生安全感。

客栈里竟没有一位旅客，显然早先离开汽车的几位另有去处。女店主正候在门口，不慌不忙道："远远望见车子抛锚，知道会有贵客驾到，连茶都沏好了。"那言语，虽然不能说是幸灾乐祸，也透出掩饰不住的快乐。毕竟，大雨给冷落的小店带来了生意。

三

寂静的屋子里，电话铃声大作，刺耳的嘶鸣把回忆往事的她惊醒。早上起床到现在已过去十几个小时，好像一直没有电话进来，世界把她悄悄地忘记。她懒洋洋地走到矮柜前，没打算去接，仅仅扫了一眼话机的液晶显示。一串数字，那是她非常熟悉的电话号码，又是这会儿她不愿意接听的对象——至少，目前没有丝毫联络的情绪。

铃声顽强地持续了一阵，终于，在她冷漠的注视下，戛然而止。电话的那一头，是瞿老师，她高中时代的班主任，曾经是她痴心钟情的男子，准确点说，是她的初恋、暗恋。她的美好岁月，多半迷失在这场由少女时代萌发的情愫里。英俊的瞿老师带给她的，先是女孩懵懂之梦；而后，则是疯狂的欢乐和可怕的灾难，且在她成为齐家少妇之后——

她和齐同学的婚姻，才过去几个年头啊！中国有句俗话，"七年之痒"，意思是婚姻到了七年以后，会有麻烦出来。他们的结合，还远远没到七年啊！事情到底是怎么越变越糟的？

虽然很早品尝过恋爱的波折，她对男女之间的关系了解并不深。长辈没有谁对她启蒙，学校里也不教这个。婚后两三年，她总觉得哪里不对劲，至少，她没有品尝到原先想象的如胶似漆的甜美，而与文学作品中描绘的浓到死去活来的爱情，差距更远。她暗自怀疑，难道那些描写，都是作家瞎编出来，为了卖钱骗骗读者的?

她希望一点点调教齐同学，使他们的情感生活更加丰富。一件意外的事情，却沉重地打击了她，使这个美好的愿望搁浅了。公婆买了去日本的来回机票，给小夫妻办好旅游签证，说让他们去玩玩，散心。那年月，出国旅游是相当稀罕的。她兴高采烈地收拾行装，还悄悄盘算，也许，旅行的浪漫能升华她和齐同学的情感，令寡淡的夫妇生活变得多姿多彩。

不料，到东京的第二天，她正在研究地图、计划旅行路线，齐同学说，父母安排好了，他们得先去医院检查身体，过几天再旅游。她非常惊讶，自己好端端的,干吗要到医院检查?她想,也许是齐同学身体弱,所以需要找日本的医生看看。她心里为公公叹息,大药材商,认识那么多的中国名医,还非得相信日本医院?也罢,就陪齐同学检查检查,希望对他的身体有好处。

事情的演变完全出乎她的意料。到了医院,主要是给她做检查,检查得仔细透彻,检查得她羞涩难堪,因为多为不好意思说的妇科检查项目。齐同学似乎仅仅是陪客,他在另外的诊室里,与日本医生叽里呱啦说点什么而已。日文,是齐同学读研究生时的第二外语,与日本人的交流,不会有大碍。至于她,没正经学过日语,大二大三,同寝室的女生有两个学日语,每天晨读念个不停,她耳濡目染,勉强听懂一些。医生护士的对话,让她渐渐听出名堂,原来,她做的种种检查,目的是为了给她人工授精。她大吃一惊!这样的大事,为什么不和她商量,却直接把她骗到日本医院?

当天回到宾馆,她和齐同学翻脸了,让他把话说清楚。齐同学见她已知端详,瞒不住了,才告诉她,父母见她迟迟不能怀孕,所以如此安排。现在只是检查而已。真要进行,肯定要商量,得到她的同意才行。她无论如何没有想到,齐同学与公婆联合起来,如此欺骗她!她不顾隔墙有耳,大声对齐同学嚷道:"我没有怀孕,原因你心里清楚,是你的原因,为什么不对老人说清楚?你像个男人吗?"齐同学被她骂得张口结舌,半句话也答不上来。她呜呜地哭个不停,婚后所有的委屈统统涌上心头。齐同学让她失望透顶,原来,一直认为他老实巴交,在关键问题上竟然如此待她!她听闺蜜说过,人工授精,女人吃的苦头大了,明明可以自然怀孕,她绝对不愿意去碰那瓶瓶罐罐和冷冰冰的器械。她对齐同学吼道:"我不愿意,绝对不愿意做这个!我们还年轻,身体好端端的,你没有出息!你就不能像个男人,承担点责任吗?"齐同学惶恐地嗫嚅着,没有明确的回答,让她越来越生气。

想象中的浪漫之旅彻底伤了女孩的心。之后的很长时间,小夫妻俩处于冷战状态。

难道,在爱恋与婚姻上,她注定命运多蹇?

四

丽人命薄,她自幼失去父母,随祖父祖母度日。读中学时,她已出落得如一叶带水的荷花。那岁月,女孩子没法打扮,但是,任她穿何等普通的衣衫,走在街上,仍招得行人忍不住多看她几眼;偶尔穿一条素净的布裙,她身边的世界便春光无限,女伴们簇拥着她跳跃在校园里,如花团锦簇,既觉得沾了光,又不免有些儿妒忌。她亭亭玉立,非常自尊,对男孩们有意无意的搭讪,冷冰冰地不理不睬。于是,受到冷落的男孩子们暗地里叫她"冰雪公主",与"白雪公主"一字之差,谕示她虽然美丽之极，却并不可爱。其实，嘴上无毛的男孩们如何会懂得少女的内心？她的心灵深处柔和极了，渴望着温情滋润。她记不得父慈母爱，虽然是祖父祖母的掌上明珠，到底年龄上差得太多，难以得到更为丰富的情感。很长一段时间，她默默地喜欢年轻的班主任，并且觉得瞿老师的目光也很敏感，常追随着她日见成熟的身体。在连续难熬的失眠之夜后，她作出了一个十分勇敢的决定，在交作文本时，她夹入一张纸条，上面抄着几行并非十分含蓄的话，"十岁之差，难道是没法跨越的鸿沟？哦，我多么希望有一道彩虹般的桥梁……"她细心地算过，她只比班主任小十岁。班主任能力超群，教自然课，还兼着语文老师，他批阅作文时，当然能读懂这张字条。第二天，一夜未能安睡的她走进教室，忐忑不安。她垂下眼帘，小心翼翼地偷看班主任的脸色，发现瞿老师神情严峻，瞧也不瞧她，冷冷地转过了头。她的心猛然掉进了冰窟窿里。睡不着的半夜,她设想着早上见面的场景,她渴望老师对她投来甜美的微笑,甚至对她做个意味深长的鬼脸。情况与她设想的截然相反。她先是失望、绝望,继而开始恐惧,心里哆嗦。她不知道班主任会如何发落她。是将纸条交给校方?当着全班同学训斥她?无论什么方式,均足以把她打落进地狱。她害怕得连午饭也吃不下,六神无主,猜测那张小纸条将带给她怎样的厄运。

这时候,她的班长——一个受全班学生爱戴的成熟的小伙子,伸出了侠义之手。放学后,班长拦住她,把小纸条递回她手中,冷静地叮嘱她:"撕了吧,除了班主任和我,谁也不知道。"她羞得满脸通红,晶莹的泪珠立时可怜巴巴地滚出眼眶。班长温和地劝慰她,努力让她平静下来。班长告诉她说,班主任找他商量此事,认为绝对不能扩散影响,他们班是全校的先进班级,何苦让人看笑话?他将此事包揽下来,由他负责对她进行教育。也许为了免得自己难堪，班主任同意了班长的方案。班长坦然地和她谈着话，青春的气息随着他的嗓音，缭绕在她的耳畔。一种难以抵御的温情，悄然包围住她。她感激而怯怯地望着他刚刚冒出短髭的下巴，那方正的轮廓勾画出小伙子的成熟，她的心猛烈颤动了，脸颊也兀自泛红——这是危险的讯号，刚刚脱离沼泽，只怕又陷进了泥潭。

这一次，结果更惨。两个十七八岁的孩子，全迷失在情感的漩涡里。聪明过人的班长初次品尝青春热恋，情不自禁，也丧失了理智，变得昏头昏脑。他们之间的眉目传情，哪里能躲过全班众多警觉的目光？当事者毫不察觉，旁人早就在身后窃窃私语了。那天，放学后，等同学们都离校回家，躲藏在体育馆里的他们，溜回了空荡荡的教室。天暗下来，初冬的暮色浓得像雾霾，教室内的课桌椅早已躲入幽暗之中，看不分明。她放心地依偎在他热乎乎的胸膛前，说着没完没了的情话。班长不无醋意地询问，怎么会钟情于大她十岁的老师？她用手掌封住对方的嘴，阻止班长愚蠢的发问。对于自己初次萌发的美好情感，在可怜地受挫之后，她心有不甘，下意识恋恋不舍地保护着。她抓起班长的右手，一根一根地数他的手指头，嘴里念叨着，"你小心眼，小心眼。"当班长坚持不依不饶地追问下去，她只能用一连串狂风暴雨般的热吻封住对方的双唇。悠长的热吻，让他俩无比舒适，放松了警惕情绪，不再竖起耳朵倾听四周的动静。她用柔软的双唇，在他刚刚长出胡髭的下巴上磨蹭不已。

突然，天花板下的四根日光灯管齐放光明，立刻扫荡了室内的黑暗，将一切暴露在光明之下。她惊叫着从他怀里跳开，但已无济于事，事情瞬间变得无法挽回。这是班主任布置的一次成功的伏击，班主任与另两名班委粉碎了他们甜蜜的青春幽会……以后的事情，谁都可以猜得出，没完没了的检讨、批判、教育,并鼓励他们互相揭发,最后,当事情终于渐渐平息下去时,他们不但变得身心憔悴,而且彼此仇视,为对方把曾经美好的秘密公之于世而愤怒。班主任如愿把这对小情人转变为敌对的双方——

鲜花未及开放,已遭受风暴袭击,花瓣洒落一地。瞿老师,她曾经无比倾慕的男子,竟然用这样卑劣的手段摧毁了她的少女之梦。她恨他,更为自己失败的爱恋伤心万分。在无数个失眠的深夜,她咬牙切齿地想象,如何向伤害她的男人复仇。但是,十几年之后,当她已然嫁入富有的齐家,成为令人羡慕的豪门少妇,她为什么又昏头昏脑地接纳了这个男人,与他堕入荒唐的情欲?难道说,瞿老师注定是她命中的灾星?他们之间有着前世的恩怨爱仇?

五

她的生命被两个男子搅得乱七八糟：一个是瞿老师，另一个就是班长。从两个男人身上品尝到的滋味，让她总结出教训，一定不能被爱情的色彩搅昏脑袋，出事情，最倒霉的是女孩。选择男友，特别是谈婚论嫁，第一注重的是对方的人品，首选老实可靠的男孩。她按照这样的标准，选择了齐同学。阴差阳错，生活怎么又和她开了个冷酷的玩笑？

人生，一步走错，步步被动。

上山下乡的潮流，把她和同学们抛到了山区。起初只有班长是在蚂蚁镇，后来知青点归并，她迁来了，也有人说，是她有意争取来此地的。她笑笑，不作任何解释。她小心翼翼地试探，明显想修复早就破碎的感情。班长轻蔑地拒绝了她，他顽固地认为：他的锦绣前程，毁在了她的手上，她是扫帚星。姑娘好心好意，烧了鱼汤端到男生房间去，他瞧也不瞧一眼，跑出屋子无影无踪。喷香的鱼汤，便宜了同屋的两个男生。她算准时间，在山路上拦住班长，想与他说几句心里话。小伙子用肩膀撞开她的身子，无情地撒手就走，还朝地上"呸"地吐了一口唾沫。几次三番的打击，让姑娘的心渐渐冷却，那曾经使人难眠的希冀与情丝，被蚂蚁镇的山风刮得无影无踪。奇怪的是，姑娘不想离开伤心之地，也不愿告别山区回大上海。当上山下乡的大潮回落，知青们纷纷顺着来路重返城市，她却表示扎根山区矢志不移。县里领导听说后大为赞赏，将其作为标杆树起来，先把她提为妇联主任，后来又提了副镇长。在蚂蚁镇她成了个人物，倒霉的却是班长。她不走，也不让他走，招工、上学，都卡住；他想办病退，她在申请表上批了一行字，"他身体结实，从无大病。"他气得暴跳如雷，亦无用处，这里是天高皇帝远，一个副镇长的控制比如来佛的大手还难跳出去。据同伴传，他也硬着头皮低声下气求过这位老同学，她却毫不通融。女人的心一旦铁了，便坚不可破。眼见得上天入地无门，班长便想撞个鱼死网破，豁出来和她斗气，趁她回上海奔祖母丧之际，闪电般地和副县长的千金定了百年之好，并马不停蹄办妥一切手续，从蚂蚁镇调往县城机关。等她从上海回到本县，生米已煮成熟饭，再也无计可施。其实，从上海返回蚂蚁镇的半路上，她内心的固执已经松动，打算与班长敞开心扉谈谈，听到这突然的变故，顿时如五雷轰顶，不由得失魂落魄。正是处于如此糟糕的心境中，她神不守舍，在县城汽车站，连钱包也被小偷捞走了。

六

山区无法忘怀的暴风雨之夜已经相当遥远，很多细节,被变化多端的生活浪潮冲刷过,背景显得模糊,主色彩也含混起来。唯一使她刻骨铭心、难以忘怀的,是那位穿青布长衫的长者,那个和善的用生命拯救过她的老人。他是人间的一抹亮色,是她三十余年艰难的长途跋涉中少有的慰藉。

山雨惊天动地咆哮着,闹了整整一宿。很久很久,风声、雨声终于轻下去了,屋顶上爆豆般的嘈杂变成淅淅沥沥的音乐,渐渐地,还夹进鸟儿的奏鸣,该是天亮了。

客栈的女主人从外面奔来,老远就风风火火地嚷:"你们走不了啦,山上滚落的石块把路堵死了,车子也挨砸了!"

只见端坐喝茶的长衫老人一怔,呼地站起,随即急速跨出大门。她赶紧尾随而去。老人向前走了十多米,踏上一个高墩,朝前方公路望去。远远地,看得分明,昨天他们乘坐的汽车被撞歪了,车屁股危险地歪倒在公路边缘,一只后车轮有大半已滑到路基之外。车旁,那位熊一般强壮的驾驶员正在挥拳跺脚,八成是在骂娘。

老人摇摇头,长长地吐出一口气,气息十分绵长,仿佛正在把难言的痛楚用力从身体深处逼出去;原本精神十足的他,神情略显萎靡,轻声自言自语:"没法子,去不成蚂蚁镇,天意如此,天意如此啊!"

"您相信天意?"她站在老人身后,不由接口问道。

老人回过身,木然看定身后的女孩。她好奇地凝视着他,深褐色的眼珠在眼眶里闪烁。老人突兀地赞道:"姑娘,你一脸秀美端庄,好人品,在这山区里难得一见啊!"老人正气、由衷的赞叹,没有丝毫轻薄戏谑。她脸上浮起一朵红晕,被这突如其来的赞美搞得不好意思,随手将脸蛋上点点滴滴的雨水一抹,又晃晃脑袋,把乌黑头发上蒙着的细微水雾抖落,喃喃道:"您说得那么好,哪有啊!"

老人换了话题道:"天意难测。信即不信,不信即信,自然而已罢了。上了年纪的,偏好禅语。你们正值青春,当是另一番心意。"

她哑然一笑,"只怕也差不多了。"勉强答出几个字,随即闭口不肯再说,似要藏起心中无限话语。那番欲语还休、愁绪万千的模样,让老人看在眼里,油然而生怜惜之意。

那天,她处于浑浑噩噩的状态,感到人生已经走到尽头,对身边人事的感觉十分迟钝。老人的和善给她些许温暖,但不可能改变她内心深深的绝望。老先生意味深长的开导,要到很久以后,等她进入大学生活,夜阑人静,仰望星空万里,才忽然醒悟。

老人和她的目的地均是蚂蚁镇,被大雨拦路,各自怅惘。回到屋里,老人问她:"知道蚂蚁镇名称的来历吗?"她点点头,却懒得细说,用山民们的话语敷衍道:"此地蚂蚁特别多呗。"其实,老人只晓得她是下乡知青,却不知她已经贵为副镇长,对本地历史文化掌故,自然了如指掌。

很多年前,此地出过个人物,晚年辞官归乡,突发感慨,写了篇《蚂蚁赋》。赋的大意,乃说少年时爱观蚂蚁斗阵,常觉蚂蚁可怜,为一点小东西斗得天昏地暗;及至晚年回首,却发现浮生亦不过如此。然人生将逝,顿悟晚矣。此赋名声很大,本地因此得名。老先生见她不愿多谈,并不勉强,只说了一句,"镇上文化馆,找得到《蚂蚁赋》,闲时不妨一读。"

她早就读过此赋,感到有些文采。不过,中学时代唐诗宋词念多了,也不觉得有啥特别好处。开头几句,倒是背得出:"万物常理,天道温和,日出月息,众生平等。然贵者盲目,贱者安命,各在其位,轮回而已。殊不知,蚂蚁低微,蚁力神奇,以小搏大,舍命不弃。诸位细观,有何理噓之?"她阅读时的直觉,猜这位作者,是尊佛的释家,通篇佛理罢了。

七

大楼的保安用对讲系统通知，说有一个送她的大纸箱，是位驾驶员拿过来的，问他为哪里送货，他回答，只须对接货者讲，是刘老板送的礼物，就行。

"刘老板？"她纳闷，没反应过来，"会不会送错人了？"

保安被她责问，赶紧把纸箱上的房间号念出，又把落款的名称念了一遍，表示自己并不糊涂。她听到落款，才醒悟过来，"噢，不错，谢谢了，麻烦你送上来！"她对保安表示了歉意。

方方正正的纸箱送到，还用彩色的绳子捆着，相当考究的包装。她暗自摇头。这刘老板，搞什么花样？

打开纸箱,见到一盆粉红色的蝴蝶兰,花苞半开,鲜艳欲滴。里面,放着一张金色的贺卡,用工整的楷字书写了两行字:委屈你了,永远的小天使!我过去的邀请依然有效,到我公司当副总吧!落款是:知名不具。

她凄凉地笑笑,在她落难之际,竟然有人向她伸出橄榄枝。刘老板,是齐家的合作者,同时也是竞争者,是另一家药材经销商的老板。当初,她担任总经理助理,在晚宴上初见这老板,老板对她十分有好感,一口一个夸,肉麻地说,没有见过这么优秀的女孩,简直是小天使啊。餐桌上缠住她喝酒,说是干一杯,就签一百万的生意,敢和刘某喝十杯,立马签一千万的合同。她哪里敢喝那么多,喝醉了会出洋相,她丢不起脸,齐家更丢不起,宁愿放弃上千万的合同。后来,那老板还想用重金挖她过去,等听到她是齐家媳妇,才悻悻作罢。这会儿,不知谁给递了消息,说她被逐出齐家,刘老板竟使出送花的招数，也难为他打探清楚，自己稀罕粉红色的花。不过，那是女孩心情阳光时的偏爱。眼下，这花徒增伤感。新婚之际，齐同学三天两头买这样的花啊！刘老板许诺给副总经理的头衔，以为她是不谙世事的小姑娘，那么好骗？她冷冷一笑，把花丢进了厨房间的垃圾桶。趁人之危下手的男人，她才不敢相信！

刘老板大约认定，她仅仅是美丽的花瓶，被齐家逐出家门，惊惶失措，只要他招招手，就会乖乖送上门去。太无耻了吧，这种肮脏的男人！她见过的世面并不少，严格说起来，她也是差点死过一回的人，还看不出刘老板那点卑鄙的意思？

事情急转直下，是在傍晚时分。吃了女店主煮的粗粮，觉得待在暗湿的房间里，实在压抑得慌，她便走了出去。

公路没有抢修好，工人们还在紧张施工，说是天黑前一定要完工。她先是在公路上看了一会儿，接着鬼使神差，竟然沿着蜿蜒的山道往上爬去，直爬到山顶，站在凸出来大青石上往下俯视，后来，不知怎么回事，她身子一歪，掉了下来。整个过程，均被修路队的青年工人看在眼里。他们发现了这位美丽出众的女子，视线就被她牵着走了，直到她的身子像片落叶往下掉，青年工人们才发觉大事不好，狂叫起来。姑娘命不该绝，冥冥中似有谁救了一把，她并没有直接掉到山崖下，却挂在一棵斜长在山岩的大树枝权上。这样，就为青工们抢救她的生命争取到了宝贵时间。

后来，她努力回忆当时的心境。她觉得，自己并没有诚心一跃的意思。她注意到修路青工们追随的目光，她不会在众目睽睽之下作那样的表演，她不属于做作的演员之列。从大青石上往下瞧时，头有些晕眩，她生出一种奇怪的念头，那想法涌向缺氧的大脑：人的生命，实在很脆弱；往上，飞不起来,没有翅膀;往下,相当轻松,借助地球的引力,可以轻松滑翔。晕眩越来越厉害,似乎有什么力量推了她一下——兴许是山间的大风?于是腰部晃动,脚下打滑,一个趔趄,身体失去了控制——

姑娘被抬回客栈时,已痛得昏了过去。青工们说,把她从树上拖回来时,就是这个样子,一碰也不能碰,痛得喊救命。又不能眼睁睁瞅着她在山上等死,就不管三七二十一,硬把她搬回来,许是痛得昏死过去了。

长衫老人本是医生,此时便义不容辞。他稍一触摸,便知姑娘的脊骨已摔错位,不赶快复原,就难免瘫痪。老人忙把闲杂人等驱逐出屋,只留女店主一人作帮手,烧了一炉炭火,将屋里烘得暖暖和和的,再把姑娘的身子翻过来,合仆躺着,徐徐褪下她的半身衣服,露出那细嫩的皮肤。老人关照女店主按住姑娘身子,她若醒来,不许挣扎。女店主亦是救人心切,山里女人身子壮实,完成这个任务不难，便慨然允诺，上前按紧了姑娘的肩头。

老人闭上眼睛，静坐数分钟，徐徐运起气来，脸色发红，手掌微紫，这才靠近姑娘身体，运动双掌，在姑娘腰背部按摩。忽然，他轻喝一声，全力推去，姑娘身子一震，惨叫着喊起来，女店主忠于职守，死命揿住，不让她乱动。老人的动作变缓了，悠悠地来回挪动，姑娘也安静下来，只轻轻呻吟，终于清醒过来。老人又在她周身按摩许久，姑娘的脸色渐渐恢复红润，相反，老人的脸却一点点灰白起来，额头沁出一粒粒汗珠，那双原先充溢真气的手竟然有些颤抖，最后，他突然双腿一软，跌坐在板凳上，身子趔趄，险些摔落到地。女店主不由惊呼，"老先生，你怎样啦……"

老人勉力摆摆手，"没关系，只是累了……她已无妨，你不必再用劲，去烧碗热汤来给她喝吧。"

八

按民间的说法,她是大难不死之人。

婚后,她没有怀孕,起初她不懂,也暗自怀疑过,是不是自己从山崖摔下去时,伤了女人最要紧的部位。她找来许多书看,从身体的症状,排除了她的原因。为了彻底放心,她悄悄去妇科医院检查,什么毛病也不存在。好心的女医生仔细询问了她的夫妻生活。她羞羞答答讲了个大概。女医生见多识广,从她含糊的言语里听出了奥妙,最后笑道:"原来是你先生不行啊。你让他去检查,才是要紧的。"因此,从日本回来后,她一直催齐同学,要他做生殖方面的全面诊断。齐同学被逼得躲不过,据说也是去了,还拿回医院的诊断书,说是没大问题,最多是身板弱,能力不强而已。她还有什么话说?反正,没有孩子,齐同学不着急,她一个人也无力回天。至于人工授精,她坚决不做。

她想起,救她的老中医,说她命相好,必有后福。她的后福在哪里?眼下还看不清。

被搭救的当天晚上,姑娘神奇地康复了,她下了床,穿过客堂,去探视老人。老人蜷缩在床上,盖了好厚的土布被子,身子还冷得在哆嗦。姑娘瞧了,于心不忍,眼圈红红地说:"您何苦拼命救我?您恁大年纪,为我损了元气,我如何消受得起?"

老人枯笑着,有些吃力地说:"是我自己不中用了。见病人不救,岂不枉为医生?只是姑娘大好青春,须善为珍重,以后再登高涉险,留神些便是。"

姑娘愁绪万端地瞅着他,知道老人善良,不肯用言语点明她为何从崖上跌下,却转个弯相劝,深深感动起来。她在老人身旁坐下,款款地说:"您救了我的命,店主人说,若您不出手相助,我便要瘫了,这可比一了百了更糟糕。我不愿瞒您,其实,这世间于我已无可留恋……"

老人看着她,缓缓道:"姑娘,你天资聪慧,面相不俗,上天所赐,需多加珍惜——"老人还想多劝几句,被她小心止住,"您歇着,别说得辛苦,我知道您怕我再出意外,其实,尝过死去滋味的人不想再尝第二回。反正女店主把我的故事说给您听了,您不怕烦,我便把下半截补充完整……"

话未开头,已经泪花闪闪,泪珠滚出眼眶,顺着俊俏的脸庞往下淌,让老人看着可怜。

"我回上海给祖母奔丧,祖父已先她而去,我失去了最后一位疼我的长辈。街坊们劝我病退返城,说凭我的脸蛋还怕找不到好男人。待丧事结束,我正为进退踌躇时,一天,我的班主任——你一定听女店主说过他,就是我曾打算向他献上少女真情的男人来到我家。他比几年前显得略老了些,但却有三十几岁男人成熟的魅力。我不否认,一见到他,我的心竟然又狂跳起来,他曾那样粗暴地伤害过我,我却难以恨他,这是痴情未断吗?……

"我吓一跳,他竟是来向我求婚的。他说,一直喜欢我,虽然结过婚,但半年多就离了,他没法忘记我望着他的那对纯情的双眸。我勉强使自己镇定下来,冷静地问他,当初为什么拒绝我,还糟蹋我的真情。他辩解,身为师长,怕被人说三道四,怕领导有看法。我又问,那为什么又要置我于死地?他的回答是,他接受不了我和班长亲近的现实,醋意令他昏了头脑。我不由满腹委屈地哭泣起来。我告诉他,他亵渎了我最美好的情感,毁了我的心灵,我怎么可能再投向他的怀抱……

"我决定返回蚂蚁镇。我终于意识到自己的愚蠢,我何苦与班长互相折磨?我应该坦率地和他谈清楚,结束噩梦,来得及建设新的生活,只要他愿意和我相守,我会用全部的真情回报他;如果他执意要离开,我不会再卡他……

"没料到一切已不可挽回。我一到县城,便听说发生了什么事。找到他,说出心中的话,他和我抱头痛哭。他说,生活把我们都愚弄了。他已无法回头,虽然还没结婚,却让副县长的千金怀上孕,掉进了笼子里,再也长不出翅膀……

"这个世界对我还有什么意义呢?"

姑娘用这句话,平静地结束了叙述,泪水却湿透了脸庞和胸前的衣襟。

老人一直闭着眼,默默地听着姑娘的故事。待她说完,才缓缓睁开眼睛,深褐色的眼珠里闪着沉思的光彩。他不答话,被夜色笼罩的屋子便静得肃穆,只有小油灯在桌上一闪一闪。隔了好一会儿,他突然说:"昨天,我问过你,蚂蚁镇名称的来历,你没有认真回答。女店主说,你已经是蚂蚁镇的副镇长,当然会读过那篇《蚂蚁赋》!"

她点点头,补充道:"本地的黑蚂蚁,确实又多又大。"

"是啊,否则古人也不会神思突发,写出如此奇文。"老人在床上缓缓运息,"蚂蚁爱斗,与人差不多,但其生命力顽强,却让人相形见绌。你经此一劫,重读《蚂蚁赋》,自然会有新的心得。"

"嗯——"她若有所思,不求甚解地应了一声。

老人却说:"我乏了,倦了,想睡觉。我们明天再聊呗。"

姑娘对这位认识仅一天的长者,产生了莫名其妙的依恋,但又不能不离开,只得道声晚安,离开他的卧室,走回自己寂静的房间。

九

第二天上午,姑娘苏醒时,风雨消失了踪影,太阳已近中天,柔和地照耀着棕色的木窗,纤细的尘埃在一缕缕的阳光中翻腾,屋外鸡鸣狗叫,是山间风和日丽的一天。她倦怠地靠在床头,觉得人很舒服,软绵绵、懒洋洋,似正从云雾中下来。她想,昨夜睡前服了老医生开的中药汤,所以睡得特别舒坦,一觉睡到这么晚。

她默默地想着自己的心事,体会着内心正产生的微妙变化,便舍不得离床下地,却见女店主莽撞地闯进屋来。女人嚷着:"恭喜、恭喜,你气色比昨天好多了!"同时将一只牛皮信封递过来,说:"老先生留给你的,他转回县城去了。"姑娘不无惊讶,"他回县城?为什么?""我也搞不懂啦。公路通了,有辆路过的车去县城,老先生便要跟去。临行关照我给你熬一锅骨头汤,差不离了,你梳洗,我一会儿端来。"说罢又风风火火离去。

女店主到底是耳目灵通的老江湖,她已经把青布长衫老人的来历打听清楚,把骨头汤端给女孩时,又迫不及待地转述出来:

深山僻壤,识得长衫老人者,怕是没有了。四十多年前,战乱与饥荒,使这里的居民死了十之八九。老人的祖辈俱是行医的,一家人逃出劫难的,只有他一个。他随着远房亲戚,一路要饭,流落到江南水乡。五十年代,政府重视中医中药,他献出一些祖传秘方,便被安排到城里当了医生。

姑娘纳罕地拆开信,先见到两张十元的人民币,信不长,用正楷写在毛边纸上,"同行一场,恕我不辞而别。情况有变,我已不必再去蚂蚁镇。我们昨天聊过镇名来历,有空,愿你重读《蚂蚁赋》。非老朽好为人师,仅望你将眼前身边诸事看得开些。与你叙谈,深感你的聪颖内秀,别辜负了上天赋予你的美丽和智慧。眼下大学恢复考试,你何不由此途上进?待你离开蚂蚁镇,许多事情也或许随风而逝。旅店账已全部结清,留下二十元,权作备用。天涯同旅,不必介意。不弃老朽,何日路过江南小城,小坐闲聊,万幸也。"

姑娘的手哆嗦得厉害,几滴珠儿般的眼泪从双眸溢出，掉在毛边纸上，化开来，化成了几朵水墨花。

一年后，姑娘被南方某医学院录取，赴校报到途中，去老先生居住的小城拜访，满心喜悦地期待着重逢，以示未负老人厚爱。待按址敲开那扇黑色的大木门，迎出来的，却只有老人的女儿。细细打听，才知老人一年前从山区折回，未几日便仙逝了。老人身患绝症，无药可治，惟记得少时，听祖辈说起，此病需用家乡特产黑蚂蚁，浸入蜜中，大量服用，或许有救，因此便往老家去了。不料中途受阻，又遭雨淋，病情恶化，只得匆匆赶回家中安排后事，进得门时，人已不支，去得很快，幸未见多少痛楚。

姑娘听罢，暗自饮泣。老先生对家人瞒下一个关节，他哪里是被雨淋坏的，他将自己最后的一点真气注入了她的生命中。他知道命在旦夕，留下那信，还邀她来访，不过是让她对生命多一些责任而已。

蓦地，姑娘又感受到老先生作功时的舒坦，一股温和的气流顺着骨骼运转，渐渐密布全身，同时浸润开来的，是怅惘的愁思。

当初，填写报考学校，她填报了医学院，希望与老先生成为同道，以后可以多多请教。看来，这已成为永远的遗憾。

与老人女儿告别时，那女子递给她几本手抄的《本草纲目》，说是老先生珍爱之物。亲戚朋友中没有学医的，就送她留作纪念。接过几本薄薄的手抄本，她心底生出一个奇妙的念头。既然老先生认定，蚂蚁入药可以治疗绝症，何不顺此思路做项研究？凭她零星的中医知识，判断其中自有奥妙，并非江湖上的胡乱传说。研究做成了，可以救人济世，算实现老先生的遗愿，那药甚至可以用先生大名作牌子，亦是对他永远的怀念。蚂蚁镇乃她生活多年的根基，盛产各类生命力旺盛的蚂蚁族群。她做了多年副镇长,人缘甚好,关系多多,将来,若要专门研究蚂蚁的药性,蚂蚁镇是理想的地方。

十多年来,无论生活如何演变,那些手抄的毛边纸,一直在她随身的行囊之中。

十

屋子里,已经完全被黑漆漆的光线笼罩。她无须开灯,伸手往窗子旁的书架探去。那几本薄薄的手抄本,已经到了她的手中。《本草纲目》是巨著,老中医只抄了部分。在大学里,得空,她细细研读过,想知道为什么抄了这些内容。不过,她对老人的经历知之不深,并不明白他最擅长的医术,所以还是捉摸不透。估计,应该是他行医中较有心得的篇章。其中,就有李时珍关于蚂蚁药效的叙述。老人祖辈居住蚂蚁镇一带,对蚂蚁有兴趣,是很自然的事。

老先生阅世深沉,知晓人间奥秘,果然料事如神。她进入医学院读书以后,往事真个渐渐如风飘散。她与班长的恩恩怨怨,既没有人知道,更没有谁会关心,至于她少女时代的故事更离得远了。有个别同学晓得她的来历,知道她入校前曾是某个镇的副镇长,也就是偏僻地区的芝麻绿豆官呗,谁把这个当回事?进入大学,原先的种种身份,好也罢,孬也罢,基本归零。在七七届、七八届大学生的年代,读书好不好,是衡量人的主要标杆。当然,能够达到"校花"级水平的美女,会产生另一种魅力,让老大不小的男学生们内心骚动。这几届的学生,在乡下劳动过七八年,甚至十来年,早到了结婚成家的岁数。看到优秀的女孩在眼面前晃动,身体内部的激素不沸腾起来,反倒是不正常了。

她从小就是出众耀眼的女生。在乡下历练几年,人成熟了,外表更是增添了花儿盛开时的风韵。聪明和美，学业超群，爱慕者追求者，公开的、隐秘的，不是个位数，或许也不止十位数了。

追求者多，便有了从容选择的机会。不像中学时代那么傻，那会儿她是雏鸟，努力掩饰住内心的热情，冰冷地漠视异性渴慕的眼神。现在，她在生活的漩涡里翻腾过，可以大胆直视人生。她微笑而淡然地应对各种异样的目光，善于倾听，却很少应答，没有简单的拒绝，也很少大方的鼓励，暗自耐心比较分析。这是一座鲜花绽放的庭院，院门微启，铜锁尚未卸下。

早过了做少女美梦的年龄，不再梦想白马王子飞车而来，也不再渴望什么天边的红帆。跨越二十五岁这道坎，姑娘的心事渐渐像米饭一样实在，如油盐一般通俗。该认真思考把自己嫁出去了，选一个托付得了的年轻人，嫁了吧。

反复甄选比较以后，她的注意力慢慢集中到两个同学身上。论年龄，他们没有多少区别，都是三十出头,所谓的"老三届",全是"文革"之前名牌中学出来的,学业上均是拔尖的好手。身材上的区别却是非常明显。一个结实得像座铁塔,是足球场上踢中锋的选手;另一个,对不起,说尖刻些,细瘦得和电线杆差不多。这种巨大的差别,与遗传基因关系密切。前面一位,来自军队大院,父亲是将军级的干部,军人的体魄在儿子身上充分体现。后面的小伙子,家里是做药材生意的,据说,走进他们家,到处是熬中药的味道——那气味,虽说对人体有益无害,不过,中医总体是主张"泻"的,泻火排毒去湿,泻来泻去,难免泻得仅剩精干的骨架了。

她的闺蜜们帮忙出主意,无一例外,个个主张选将军的儿子。身材中看中用以外,那家庭背景也可靠,今后过日子无忧是有保证的。有闺蜜自告奋勇,帮她打探情况,不知寻个什么机会,去了足球中锋的家,回来不无羡慕地告知,将军儿子,家里有处带花园的院落，住里面，准保快活得像个公主。她未必是很虚荣的女子，她只想找到有出息又可以相信的男生。但是，周围如此一律的舆论听得多了，心里的天平，自然是朝足球中锋那边倾斜了。

十一

人算不如天算，是颠扑不破的真理。大三那年，秋冬之际，她犯了咳嗽。起初不在意，咳嗽么，从小到老，哪个年龄段的，逃得了品尝滋味？谁知，这一回咳嗽，非同寻常，咳得真个是昏天黑地，咳得你怀疑活着有啥滋味。夜里，因为咳嗽，身子没法平躺，一躺，就咳得难以止住；整夜坐在床头，靠在垫子上磨时间，盼望天亮，连盹一会亦不容易，眼皮刚一耷拉，喉咙一阵奇痒，又是来一阵翻江倒海的猛咳。好不容易盼到天亮，期待着平缓舒服些，你却不能吃东西，哪怕喝几口稀饭，说不定跟着就是咳嗽，把那几口稀饭咳个干净，方才罢休。各种药丸，大把大把吞下去，没啥效果；平时广告上吹得神乎其神的止咳药水，买几瓶试试，也就是让喉咙少痒几分钟而已。

晚上遭罪，那苦楚自个吞咽，白天也麻烦啊，她几乎不敢去教室，特别是不敢上大课。一二百人的课堂，她说咳就咳，出洋相尚是小事，咳得惊天动地一般，大伙到底是听老师讲课，还是欣赏她的演出？

那日子，根本不是人过的！何况鼎鼎大名的校花美女，每天出乖露丑？她只能躲在帐子里悄悄落泪。早年没有父母，疼爱她的祖父祖母也离她而去。病成这副鬼样子，她还指望谁呢？她甚至怀念起山区的暴雨中，用生命拯救她的老中医，回味着他以真气注入她身体的舒坦——

胡思乱想的当口，她听见有人敲宿舍窗户。她的床正挨着玻璃窗，扭头一瞧，窗外，是那位瘦得与电线杆比肩的男同学，他着急地挥着手，示意她到宿舍外去。那时候，校规挺严，女宿舍门口的阿姨凶巴巴的，严防死守，不让男生随意闯入，所以，他只能敲窗户招呼她出去。她心中纳闷，这位怯懦的男同学，竟敢逃课跑过来看她？

打开窗子，男同学告诉她，咳嗽这么严重，要抓紧治疗，拖下去，后患无穷。他说，他求父亲找了个名中医，会有办法的。

平时，气壮如牛者，一旦病来如山倒，也就难逃病急乱投医的俗套。她知道，男同学的父亲是药材方面的大商人，认识的名中医自然很多，就满怀希望地随男同学去了。

那天，是名医到男同学家出诊。老医生童颜鹤发，风度与山区那位好心的长者颇有几分相像，顿时赢得了她的信任与好感。名医搭脉之后，吩咐男同学等人回避，请她褪下衬衣，取出长长的金针，金针尾部还燃着艾条，在她背上几个穴位扎下去，扎得相当深，徐徐地拧动针尖，又麻又酸的感觉，顿时由背脊向全身舒展开去，喉咙的奇痒竟然慢慢消失了。神啊，耳听为虚，身试为实，中医真有妙手回春的本事。

扎针之后，老医生又开出药方，关照准时服用，一周之后再次检查。男同学自然殷勤，关照家里的伙计把那汤药煎了，端到她的面前，看着她把药喝下去方才放心。还细致地说明，后面几天的汤药也无须她操心，药店的伙计每天煎好送到学校，男同学负责取药，找机会送她手上。那种体贴入微，让她感动得无话可说。

一周过去，咳嗽基本消失，喉咙仅是偶尔发痒。她如约再去见名医，除了谢医生之外，当然还要去感谢男同学的父母。不知男同学是如何描述他们之间的关系的，他母亲见了她，便透出十分喜欢的神情，一定要留她在家里吃饭，还给她送了一份厚重的见面礼,一只挺贵的手表,收也不是,挡也不能,弄得她非常难为情。出门时,她埋怨男生,说这事没道理,应该她表示感谢,怎么又吃又拿的。男同学平素老实巴交,这会儿却狡黠起来,喃喃地回答:"我当然要说你是我最好的朋友啦,不然,怎么求父亲帮忙?"她被男同学将了一军,也怪他不得。毕竟,他是为了救她脱离苦海呢。

事情一旦开了头,信马由缰,很难刹车了。情况常常这样,临近周末,药材商的宝贝儿子,瘦瘦的齐同学,常常突然出现在她的身后,有时是在食堂排队买饭,有时是刚刚借了书要离开图书馆,他幽灵般出现,压低了嗓门说:"我妈想你了,周日请你去吃饭。"被吓一跳的同时,她哀怨而哭笑不得:到底是你妈想还是你想啊?

不管怎么说,她去药材商人家的次数越来越多。那户人家,与她原来想象的很不相同。她算开了眼界,做药材生意,能做出如此大的场面?最初去的地方,靠近苏州河,老式的库房改建,门面做成青砖的石库门样式,后面毗邻大片的药材仓库,齐同学带她粗粗参观过,面积大到难以估算。后来,她才知道,这里仅仅是他家在市中心的一处门面而已。至于他们真正的生活区域,是坐落于开发中的某中心区域的花园别墅,占地甚宽,有精致的假山和珍贵的植物。头一回去别墅,齐同学请她喝茶,她尝一口,险些要吐出来。这是什么茶啊?竟然有蛋清的腥味。仔细一瞧,茶汤带着乳白色,还晃荡着几缕悬浮物。齐同学劝她多喝点,说此汤极补,是母亲特意关照招待贵客的。细听介绍,原来,是用犀牛角切片熬的茶,稀罕的大补之茶。据说,犀牛角的价格,动辄几百万上千万,让她无法想象,闻所未闻。

  一来二去,作为齐家未来媳妇的地位似乎已经顺理成章,毫无疑问了。齐同学的父母对这个未过门的媳妇非常中意,热情好像超过了自己的儿子。

结婚以后,她从齐同学嘴里,更多地明白了公公婆婆的心意。除了认可她的人品颜值和智慧,甚至她自认为的缺陷,即父母早亡,娘家无至亲之人,在齐同学的父母眼里,也是一大优点。媳妇就只能死心塌地顾齐家一头啦!她成为齐家独占的稀罕商品。这种观念,让她吃惊!在毕业结婚的那些日子,她也确实暗自庆幸,有如此美妙的婚姻。至于原来上乘之选的足球中锋,被她下意识冷落下来,那处从未谋面的院落,渐渐被忘得一干二净。药材商人的花园别墅,眼见得还高出一头。世界的演变,快速得超出多数人的想象。

十二

电话铃声再一次响起,在这寂静无声的屋子里,显得格外刺耳。她嘴里低声骂了一句。随即不由吓一跳:我也会骂粗话了?毫无疑问,屋子里没有旁人，那粗俗的话语确实是从她美丽的双唇中吐出。她的记忆再次打开，最早听到那样不堪入耳的语言，还是刚下乡的时候。山区的农人，粗话是须臾不离、时刻挂在嘴边的，像油盐酱醋，乃生活的必需品。后来，听惯了那样的粗话，也就不再心惊胆战。否则，她如何在那一带当副镇长？不过，她自个儿似乎从来不那样骂人，她终究是上海大地方教养出来的女孩。今天，她怎么会脱口而出？

是的，那个祸害了她多年的瞿老师，确实该骂！哪怕用世界上最肮脏的语言去骂，也难解心头之恨。

她瞧瞧窗外的景色。暴雨来临之前，黑压压的天空，浦东方向只看见东方明珠电视塔耸立在夜空，射出夺目的光彩。电话铃声再一次响起，没完没了。她走过去，决定结束瞿老师无聊的骚扰。她按下录音键，给对方留下一段话，"希望你不要再打电话，免得我们直接吵架！我知道你担心什么，知道你想获得啥信息。我干脆让你明白,你担忧的后患也许不复存在。不过,你必须把委托你做的研究成果,毫无保留地发到我的邮箱,我们之间也就清楚了断。你不会再有什么麻烦!"

这些无情的话语别人听不懂,瞿某人一听就清楚。瞿老师,她的初恋,曾经让她难以舍弃,后来又让她痛彻心扉的男人,挥挥手,不留下任何瓜葛,永远再见吧——

咸涩的泪珠,缓慢地从脸颊上滚落,滚过娇嫩的双唇,滚过被先生无数次亲吻的下巴——齐同学喜欢这个娇嫩的部位;泪珠又缓缓淌到脖颈之上,那里,曾经是瞿老师最喜欢亲吻的地方——现在,这两个男人均离她远去,不愿回头地远去。

婚后近五年,她重新见到了久违的瞿老师。那时候,她已经是齐家药材公司的副总经理。公公婆婆认为,儿子老实懦弱,做生意绝对不行,被人卖了,还高高兴兴帮人点钞票,齐家的希望寄托在聪明能干的媳妇身上。因此,让儿子继续读研攻博,读一辈子书,也供得起;媳妇么,就有意栽培。大学毕业,她原本被分配到西南某山城的医院,齐家老人说,别跑那么远,在自己家的药材公司做吧,正需要她的专业知识。先是给她总经理助理的头衔,专门与大客户打交道,熟悉上游下游的关系,后来,就干脆提为副总。家族企业,老板说了算,谁也提不得异议。

实际上,儿子媳妇的婚姻早已出现了麻烦,只是怕老人担心,瞒住他们而已。俗话说,"七年之痒",他们才过了三四年,就危机四伏了。首要的原因在于齐家少爷的身体不济,比任何人——可能包括他父母,想象得更加糟糕。婚前,她没有让齐同学碰过要害部位,她吃过男人的亏,内心脆弱,不敢轻易相信口舌之约,怀疑突然降临的幸福的可靠。她宁可格外谨慎,小心守护命运,要到新婚之夜,再将自个儿彻底交出去。齐同学很乖,她不让碰，就绝对不越雷池半步。婚前，她相当感激未婚夫的体谅，觉得他会疼人，懂得珍惜。婚后，她渐渐明白，齐同学谦谦君子的外表，竟然与他缺乏雄性激素有关。他喜欢她，把她当鲜花，小心翼翼捧着，但他对男女之事，兴趣并不强烈，甚至缺乏起码的能力，竟然也像谦谦君子，点到为止。婚后几年，他像样完成丈夫义务的举动，屈指可数。几次三番之后，连能用的药也纷纷尝试而无效以后，她陷入了难言而无边的失望。到后来，齐同学越来越怯于床笫之事，夜里，应当亲密无间的时刻，他推三阻四，常常以用功为借口，捧一本书作为挡箭牌，劝她独自去入眠。她愤恨地责问道："你既然不要亲近我，为什么追求我？"齐同学笑笑回答："我喜欢你，只要看到你在我身边，我就能安静读书。"这样的回答让她哭笑不得，难道男人就是这种模样？追求时不折不挠，到手了又无所作为，叶公好龙啊！她觉得齐同学自私，"你不需要，我需要啊!"这句话,她又不好意思说出口。再说,她亦无处询问,到底是自个儿倒霉,还是普遍现象?

对于儿子儿媳的窘境,公公婆婆是真不知晓,抑或假装不知,她始终没有搞明白,按理说,齐家是独子,对孙辈的渴望应该很强烈。假如婆婆追问,她的肚子为啥不见动静,她就获得机会,顺水推舟,把齐同学的缺陷告诉他母亲。偏偏老人们不催问此事,弄得她难以开口。偌大的家业,难道他们不急着要接班人?她百思不得其解。

正是在她相当绝望的时刻,瞿老师重新进入了她的视野。

十三

在电话留言时,她把瞿老师恨得咬牙切齿。清醒下来,她不得不承认,这一回,她和瞿老师深陷情欲而难以自拔,实在说不清是谁的原因,是他引诱了她，还是她主动进攻。事情的进展似乎相当自然，顺理成章，水到渠成。通俗点说，他们正好彼此需要，也懂得互相利用对方的弱点。反正，他们的关系早就不像师生年代那般简单，离单纯的情感，离他们的初心，已经很远很远。

瞿老师来找她，起初让她感觉意外，暗自欢迎，又惊又喜。不过，她很快听明白，瞿老师的来访不是为了简单的师生叙旧，而是有明显的功利目标。

她清楚记得，瞿老师只比她大十岁。她刚刚过了三十，老师也不过才走到四十出头。男人在这个年龄，常常看不出实际的岁数。瞿老师依然年轻英俊，按坊间说法，就是相当帅。看着熟悉的让她曾经迷恋过的脸庞，她不由心里一热，忍不住悄悄多看了几眼。

瞿老师早就离开了为人师表的职业，他下海了，在一家民营的生物科技公司担任技术总监。他说，愿意放弃教师的福利劳保，是看中这家公司的发展前景，又用得上他大学本科时生物学的专业知识。这家公司为了挖他，允诺给他丰厚的原始股。"一旦上市成功，我的任何牺牲全值了！"瞿老师如此解释自己破釜沉舟的理由。

瞿老师直截了当，说出拜访的目的，她一听就明白了。他的公司正从事中药现代化的研究，希望为中国古老文化的发扬光大作点贡献。他们致力于提升中药的治疗效果，并且分解各种中药处方，希望做成像西药针剂或药片那般方便包装使用的产品。瞿老师解释，上市需要包装，要讲故事。他们的公司，假如成功开发重要的产品，上市就可以获得巨大的溢价。他们知道，齐家药材公司是行业翘楚，实力雄厚，因此，瞿老师代表企业提议双方建立战略伙伴关系，携手打开广阔的市场。"我们将是双赢的局面！"瞿老师如此总结。

瞿老师口才向来上乘，当年，做他的学生，首先被他滔滔不绝的演说本事征服。现在，讲到本行知识，现代生物学与传统药材的结合前景，种种理论突破、各项科学实践，均是信手拈来，说得头头是道。当得知她对蚂蚁的药用感兴趣，瞿老师立刻接上话头，兴致勃勃，详细分析中医关于蚂蚁功效认知的历史，由几千年前周朝的记载，讲到李时珍在《本草纲目》里的记述和分析，与当年山区老医生抄录的说法非常吻合。她细细听来，不能不服，对瞿老师的专业知识与表达能力，再次产生五体投地之感。她随即答应，会认真向齐家老爷子汇报，请老师静候佳音。

和自己的初恋，又是伤害过她的男人，重新接上联系，她内心的甜酸苦辣，真个是一言难尽。

如果她仅仅记住瞿老师的坏处，记得当年对她的伤害，她不会愿意重新建立联系，更不会去张罗合作的事项，偏偏她还无法完全忘却初恋的情愫，情况就微妙起来。同时，如果先生让她充分满意，婚姻稳定，那么她也不可能有多余的情感溢出。这两个微妙的因素交杂在一起，情况不由得危险起来。

十四

给瞿老师的电话留言，她用的是命令式的语言，同时透露出内心无比的怨愤。要让对方知道，他欠了她的债。乖乖把蚂蚁项目的成果交出来，才是瞿老师明智之举。

放下电话，她走回窗前，在红木圈椅上缓缓落座。尽管隔着软垫，屁股依旧感觉到椅座的硬实，人软塌塌没力气，全靠圈椅支撑住。屋子里的红木家具，是公公婆婆整套买进来的。其实，她不太喜欢传统呆板的样式，哪怕它是贵重的木料制作。现在年轻人结婚，要的是时尚舒服的摆设。公婆坚持这么布置，说荷花不挂也罢，这整套红木，让家里红红火火，才有新婚的喜气，符合他们家的身份，她听后，只能服从。他们看中她的长辈零落，身旁孤单，由此寻得一注脚，娘家没有人说三道四，一切就听凭男方操持了。

无声的眼泪从眼帘中溢出。她伤感得太多，眼泪快要干涸。这一次，是为自己身体内不幸夭亡的小生命伤心。瞿老师害怕的，不就是这事吗？他反复打电话，并非真心放不下她，而是担忧留在她身上的痕迹。从得知她怀孕开始，他就相当紧张，急于劝说她堕胎，要彻底抹去这痕迹。

突然降临重重打击，她并没有承受的思想准备。她从五彩的霞云坠落到冰冷的泥潭。齐家免去了她在企业中的所有职务，干干脆脆，连个职工也不是了。她突然发现，所谓的副总经理可以立马变得一文不值。这时候她才明白，齐家给她的全部是画饼，说拿走就拿走。他们没有给她股份，她原来不在意，现在她明白了，在法律上，她必须靠齐家恩典才能拥有财势。她虽然还占有一个齐家媳妇的法律地位，不过，因为齐同学也不拥有企业的股份，作为他的妻子亦得不到法律保护的财产。何况，齐家声称掌握了她婚内出轨的可靠证据，如果必须经过法院离婚，不会让她得到任何东西。协议离婚，大家保留起码的面子；公婆答应，把目前居住的房屋让她享有。她反复思量，自己已经不具备讨价还价的力量，唯有退后一步，屈辱地接受齐家的条件。至于齐家到底掌握了她多少不光彩的证据，她无意也不敢细究。曾经无比迷恋她的齐同学消失得无影无踪，肯定是听到许多关于她的不堪话语。她明白，公公婆婆老谋深算，和他们相比，自认聪明的她实在是雏鸟。

连续几天几夜难以入睡，身体被糟蹋了，小产就是在这样的情形下毫无预兆地突然来临。身边没有任何人照顾，她孤苦伶仃一个人，不得不自己打了120，叫来医院救护车。那一刻，她不由怨艾早逝的父母，想念带她长大的祖父祖母。她甚至想起童话《卖火柴的小女孩》，那寒冷的没有丁点温暖的绝望场景——

起初，她非常想保住这个孩子。到这个年龄，老天赋予的母性油然强烈起来，她想，靠齐同学她大约做不成母亲，人工授精她又不愿意。老天给了她这次机会，为什么要放弃？她听闺蜜说过，母亲个性比较强，孩子多半像母亲，所以，她不担心孩子的长相暴露秘密。她把想法说出来，瞿老师坚决反对，说这样做法必然要闹出丑闻，会毁了他们两个。情人间的争吵由此渐渐白热化，所以，在小产的危急当口，她不愿向这个薄情的男人求援。

那些日子，她不顾瞿老师的反对一意孤行，并且设想了周到的方案。知道怀孕后的一周，她想尽各种办法对齐同学撒娇，半引诱半强制地让他尽了丈夫的义务。之后，她含羞而骄傲地宣布，她身上怀了齐家的骨肉。她以为，公公婆婆会喜出望外，而绝对没有什么疑惑。和瞿老师的来往，即使在狂热的当口她也是小心翼翼，准备了种种安全的退路。她在学生时代吃过亏，不愿在同一个坑里跌倒。因此，无论是齐同学还是公公婆婆，没有猜疑她的理由。在她看来，公婆最为担心的大事，正是齐家无后，偌大的家产没有孙辈承接，所以会兴高采烈欢迎她肚子里的小生命。然而，公公婆婆听到消息后，意料之外地冷静，只是吩咐齐同学，陪她去医院做怀孕的例行检查。那几天，作为先生的齐同学，竟然也冷漠得不可思议，陪她检查的当口，呆呆地坐着，连话都懒得多说一句。她气得实在憋不住，况且内心忐忑，藏了点心虚，不由紧盯着齐同学发问："要当爸爸了，你不高兴吗？"齐同学被她逼得无路可退，末了，只有一走了之，临别冷冷丢下一句话，"医生早就有结论，我没法让女人怀孕！"

她彻底懵了。这样的大事齐家竟然完全瞒住

她,所谓老实的齐同学竟又一次充当欺骗她的同谋。她原来以为,齐同学仅仅是性欲不强。哪里知道,先生连基本的生育能力也不具备!现在,她让自己处于绝对尴尬的地位。先生没有生育能力,她肚子里的孩子是怎么一回事?再愚蠢的头脑也想得明白这是出了天大的丑事,何况对手是精明的公公婆婆!她懂了,公公婆婆没有立刻声张,只关照她去做身体检查,目的是有时间展开调查。凭他们的本事、他们的关系,掌握证据不在话下,连医院的检查资料他们也完全可以拿到手——事情还不止于此,公婆向她摊牌时,明确告诉她,导致她怀孕的男人是谁,他们也拿到了证据,是不是要把丑闻闹大,就看她的态度。她暗自猜想,是否瞿老师也受到了暗示或威胁,所以他迫不及待地想摆脱牵连?

公公婆婆认为,她辜负了齐家、欺骗了齐家,让他们蒙受奇耻大辱。她反驳,难道不是齐家先欺骗了她?齐同学生理上的缺陷,婚前婚后,瞒了她多久！不过，她理性地知道，自己反驳无力，毕竟难以启齿声明说是齐同学满足不了她，才导致她出轨。何况，对方已经拿到了可靠的把柄，诉诸法庭，对她绝对不利！

总而言之，她聪明一世糊涂一时，结果一败涂地。她想起去日本医院的往事。那时，齐同学被她劈头盖脸骂了，不敢吱声，但也没有说他缺乏生育能力啊。现在回想起来，齐家明明清楚儿子的毛病，找她进门，齐同学兴许是真心喜欢她，公公婆婆则不一样，只是看中她具备的工具才能，要的是她聪明美貌的基因。问题是，既然齐同学没有生育能力，如何人工取精？她越想越恶心。公公婆婆的计划，难道是瞒着她偷偷买人家的精子植入她体内？从科学的角度看，这技术无可厚非，但是违背当事人的意志，和强奸有何差别？难怪要大老远跑到日本！他们有的是钱，花大把的钱掩盖不想让人知晓的灰色计划，免得暴露秘密——想要孙子，又不愿别人知道孙子不是齐家的骨肉。唯独不顾她的感受，还蓄意欺骗当事人。她的父母长辈均早早走了，齐家选择她做媳妇，从一开始就盘算了她好欺负吧？仔细一想，她十分难受，差点不明不白地遭到暗算，被植入不相干的人的精子，甚至可能是日本人的精子。顿时她浑身起了鸡皮疙瘩。

十五

她在电话留言中要求瞿老师做的事情，并不复杂，只是把蚂蚁研究项目的结果完整交待给她。这个项目是她一手策划，思路是她的，原始出发点是她的，研究的辅助力量、蚂蚁镇提供的样本，也是由她的面子得来，齐家没有理由把这个项目拿过去。她与瞿老师之间就算是一种交换吧，瞿老师希望摆脱怀孕事件的困扰，她可以给予对方安全的保证，但她必须拿回蚂蚁项目的主导权。离开齐家，她不再奢望获得别的好运，只希望完成多年前的宿愿，或者说是一个心底的承诺，以此报答曾经用生命救护她的老人，同时也是咬牙生存下去的一个盼头。齐家答应留给她的豪宅以及整套的红木家具，除了给她增添伤感，使她的伤口无法愈合，没有其他意义。她应当果断卖了它们，筹集一笔资金，作为新事业的起点。

她曾经劝齐同学喝点蚂蚁酒。蚂蚁浸酒，是民间流传几千年的偏方，可以提高免疫力、调整身体功能，对齐同学身体的疲弱绝对有好处，齐同学却干脆拒绝。他的回答是：一，我从不喝酒；二，那些张牙舞爪的虫子，就算浸在酒里，我看着也恶心。尽管齐同学蛮不讲理，不过，其中多少藏着些道理。蚂蚁的功效需要提炼出来，用现代技术提炼，但必须摆脱它的原始形态才能够推而广之。

这条路，目标是清晰的，不会一帆风顺，还有得走！

在几天绝望的煎熬下，她倔强的本性渐渐苏醒。她经历过人生众多的磨难，甚至经历过死亡，她不能枯死在齐家的阴影里。她想起老中医要她读的《蚂蚁赋》。小小的蚂蚁，尚且有如此顽强的生命力，几千万年之前，当地球环境急剧恶化，恐龙之类的庞然大物遭遇灭顶之灾，蚂蚁作为种群不但生存下来，而且发育成为遍布全球的大物种。想研究蚂蚁，让它入药，不正是看中它的生命力，看中它不屈不挠的免疫力吗？

在与齐家果断分手之后，她为自己设立了一个振奋起来的目标。她决定全身心地投入蚂蚁项目的研究和实施。蚂蚁镇，那是她屡次跌倒的伤心之地，她必须越过它，才能重生。

当初，她把瞿老师方面的合作设想汇报给公公。齐老爷子天性谨慎，他赞同中医中药现代化的方向，但不愿承担太多风险。他同意投入少量研究资金，与对方签订一个为时两三年的合作项目。两三年之后，有见得到的成果，再续签合同，投入更多的资金。她又同时说出自己酝酿多年的蚂蚁项目，齐老爷子经销的产品中，本来就有蚂蚁酒，也非常相信蚂蚁药效的潜力，听说她原来下乡的山区，盛产特大黑蚂蚁，自然就鼓励她积极开发研究下去。齐老爷子那时候特别慷慨，允诺此研究以媳妇个人的名义进行，意思是让她做出点成绩，今后可以服众。因此，才有她带队与瞿老师几个去西南山区的旅行。

危险的故事，正是被那次旅程激发出来。

从蚂蚁镇返回县城，同行者均很兴奋。蚂蚁镇名不虚传，盛产的蚂蚁，个大、强壮，生物活性充沛，确实是入药的好材料。回到县城时，又碰上大雨。这种偏僻地方，尚未吹进改革开放的劲风，依然是日出而作、日落而息的乡村习惯，被大雨一浇，满城四处萧然，只能在旅店旁边随便吃点喝点，驱驱寒意，然后躲进房间，等待第二天的黎明。因为喝了些从镇上带回来的土制蚂蚁酒，那酒挺有劲，喝得浑身火辣辣的，到简陋的房间里，没事可消遣，唯有无聊地换换电视台，实在是难以让身心安静下来。瞿老师的房间就在隔壁，县城旅店还是老模样，木板隔断了空间，隔不开声响。她发现瞿老师也很烦躁，同样在不停地调换电视台，并没有想休息的样子。

齐同学变得越来越不像话，甚至连起码的夫妻生活的样子也维持不了。最近，他借口做博士论文，常常周末也不回家。她并不怀疑齐同学在外面有花头。夫妻生活久了，彼此知根知底，他失败的次数多了，更加缺乏男子的自信，以逃避来自欺欺人。

三十多岁乃是女子最好的岁月，她不甘心被冷落。但是，面对齐同学，她似乎机关算尽，有力无处使。她想起齐家设计的卑鄙的日本之行，怨恨得无以复加。

她听见瞿老师在隔壁屋子里来回走动,声音刚强有力。这是四十多岁男子自信的步伐!

她的脸,因为蚂蚁酒的功效,也因为往事的回忆,烧得红彤彤。她知道,初恋之火从未真正熄灭,即使在瞿老师粗暴地伤害她以后。她想起自己曾经决意要报复瞿老师的伤害,也许现在,报复的机会来了,他正好有求于她。目前,不是她在仰望对方,轮到她居高临下,情况已经颠倒过来——

为什么不?哪怕只是一次,让她做一回疯狂的女子?既然齐同学无力让她享受女人真正的滋味,她自己放纵一回,不算过分吧?

她犹豫了很久,终于,捏住了电话机的手柄,缓缓把听筒贴在滚烫的耳朵边,等对面响起瞿老师好听的男中音,她咬紧牙关,几乎以命令似的口吻,轻声而坚决地说:"你过来一趟!"

接下去的情节和各种通俗小说的版本大同小异。在室外狂风暴雨的伴奏之下,他们尽情地享受着狂欢,男人和女人躲进一间封闭的屋子,能够做的事情他们都一一尝试,直到筋疲力尽,才被迫无奈地中止。

故事一旦开头,往后的情节就不受主人意志的掌控。

假如她尚未品尝到真正的性爱滋味,也许,她的意志还能左右自己的行为。自从由瞿老师那里获得的快乐,百倍千倍地超过齐同学能够给与的,她内心的秩序崩溃了,根本无法压抑本能的渴望。

起初,她给自己的理由,是品尝一回真正做女人的滋味。一旦真疯狂起来,回头就难了。她无意停止,瞿老师也是欲罢不能。干柴烈火,越烧越旺。合作项目,只是他们见面的借口,无论是在宾馆还是在旅途,甚至在办公室里,所谓色胆包天,只要稍有机会,他们立刻放纵起来,求得片刻之欢。他们之间从来没有讨论过未来,或许,潜意识是回避讨论不可能的前景,仅仅沉溺在短暂的欢乐之中。直到她突然发现,自己意外怀孕了,事情才开始变得不可收拾——

十六

痛苦到极端,痛苦的感觉可能麻木,物极必反,新的情绪或许就在酝酿之中。

从小失去父母的孩子,境遇往往相当可怜,不过因祸得福,她却比多数娇惯的女生自立自强。在成为齐家少奶奶的几年之中,生活上样样事情无须操心,翅膀变得娇嫩许多。从现在开始,完全要靠自己了。她咬咬娇嫩的嘴唇,咬出刺心的痛楚,她相信,单凭自己,也能够应付得了一切。

与瞿老师的关系算人生的一种经历吧,跨过去了,也看清了,这个男人并不真正关心体贴自己,只是一种需要,既需要她的身体,也需要她在事业上的帮助。她打开电脑邮箱,没有瞿老师的信件。

他尚未把蚂蚁项目的报告发过来。明天还没有动静的话，她就约见他，当面谈，给他些压力，让他不敢拖延，乖乖地把项目的研究报告交出来。给他的回复，就是让他彻底放心，再也不会纠缠他，更不会用那个短暂的小生命来威胁他。

　　思路越发清晰了。她计算出房屋家具可以变卖的资金，这数目，到蚂蚁镇办一家生产蚂蚁制品的工厂基本够了。蚂蚁镇现任镇长是她当副镇长时的科员，那时候他刚刚中专毕业，是她一手带出来的，现在见到她，一口一个"老师"，叫得相当亲热。去那里办企业，为当地发展经济服务，也是对新镇长的支持，肯定被他热烈欢迎。她想明白了，饭要一口一口吃，只有先做好蚂蚁的初级产品，在市场上取得效益，才有进一步发展的经济实力，才可能更多地投入科研，做高级产品，让蚂蚁成为优质药材的梦想获得坚实的基础。瞿老师他们公司想利用中药现代化的途径，做成一家大企业，他们能，她有何不能？蚂蚁镇将是她可靠的后方。

人生之旅，有许多站头。飘然过去的站头，就该忘怀，挥挥手道别。窝囊的齐同学连露面也不敢，已经让她无所留恋。这段婚姻协议结束倒是干脆，她得到齐家承诺的东西，各自方便，重新上路。

她从红木圈椅上站起，脸贴在冷冰冰的玻璃上，凝望暴雨之前的夜景。在人生低潮的时刻，很容易想起往事，想起往昔阳光灿烂的日子。

临近毕业时，有一天傍晚她独自从餐厅出来，走到草坪，被高大的足球中锋迎面拦住，他是刻意在这里等候着的。军人的儿子说话直率，开口就问："噢，到告别的时候了。看来，我没有任何机会了？"

她望着他方正的脸庞竟然有些慌张，甚至有点脸红。毕竟，这是她悄悄喜欢过的男子。他的进攻向来直截了当。第一次听他表白,完全没有思想准备,是在大二开始时系里的联欢晚会,足球中锋上去朗诵自己写的诗,当着这么多同学的面,他坦率地声明,本诗献给西南山区来的女同学。男同学们顿时敲桌子蹬地板起哄。谁也不傻,西南山区?只有她一个人啊!

那首诗,标题为《我是一棵孤独的树》。开头的几行一直深深印在她脑海里,"我是一棵孤独的树/你是天空的月亮/哦/月光过于清冷/你却悄悄放下一团火/炙热我的胸膛/你是我的骄阳!"

他毫不掩饰地追求她,经常在路上、在体育馆追到她,有时只为了朗诵一首他新写的诗。这位强壮的足球中锋竟然会写感情细腻的诗,着实让她好奇。她心中承认,她非常喜欢那些诗。可是,中学时代,她因为丰富的情感栽了大跟斗,已对身体内部任何浪漫的情绪高度警惕,宁可回避而诉诸理性。

面对足球中锋干脆的问话,她慌乱得语无伦次,"我,我想,你对我,不,是我对你,不合适——"

她的惊慌竟然让面前的年轻人老大不忍,他充满温情地说:"没关系!我只是来和你告别,以后见面难了!因为,我要求去偏远地方的部队医院——"

她看着窗外的景色,一切沉寂在灰蒙蒙的空气中。暴雨欲来未来,东方明珠顶端的灯固执地耀眼闪烁。她暂时忘却了内心的痛楚,真诚地祝愿,愿那位足球中锋幸福快乐。也许,他永远不会晓得她的祝福。这无关紧要,那仅仅是她此刻的心情。

2018 年

摊牌

世界既大,民有遗贤,野有奇杰,本是常事。那些儿武术高手,在侠怪电影中演得出神入化,遇上草莽强人,或许几招里便束手就擒。那些儿棋王棋圣,海内外纵横驰骋威风惯了,偶尔被绿林好汉挑下马来,以老眼昏花搪塞,亦是不胜惭愧。再如彪炳文史的骚人墨客,为无名氏的一联半阕所惊,俯首称臣,掷笔而退,倒也不失为文坛佳话。

此处所记,却是一对被称为"鬼手"的桥牌夫妻。既名"鬼手",料想路数不正。从未见其列名正式大赛,查遍牌坛史料,翻寻笔记典籍,正所谓"上穷碧落下黄泉,两处茫茫皆不见",是也。他们的故事,经民间牌迷演义传述,听来令人目瞪口呆;然而,他们的生卒行踪,实在无从查考。笔者仅知一鳞半爪,如实道来。夫者,姓龙名游字伯里,不知何年何月曾去西洋走过一圈,是迷于纨绔子弟的冶游,或者志在学贯中西的苦行,难以知晓,他那一手桥牌绝技,从海外带回,倒是确凿无疑的。牌桌上,龙先生常拱手自称"在下龙伯里",旁人私下却只唤他"龙鬼手",因此,这雅俗双名,在故事中都会出现。龙夫人者,大约姓巫吧,牌迷们台面上尊称一句"龙夫人",其他场合竟简称其为"巫鬼"。以此推测,她姓巫无疑。不过,也难说,几千年的男人社会,总把女人视为祸水,牌桌上赢不了龙夫妇,龙夫妇的牌艺又过于诡诈,怪罪于龙夫人,咒她会使巫术,也是可能的。且随他去吧。

龙夫妇的结合,本是一段轶闻。据说,龙伯里归国之初,在牌坛上尚无名声,有一回去海格俱乐部参加双人赛,搭档是他的一位同学。两位先生在第七副牌遇上一对豆蔻少女。先生们见到明眸皓齿、楚楚动人的对手,心里虽然喜欢,赛场上却不便搭讪,手下也不敢留情——输给两个女娃娃可太没面子。于是,轻轻松松地赢了。收牌时,少女中娇小玲珑的一位,突然秀眉一耸,怒道:"你们打牌不规矩。"龙伯里睨她一眼,悠悠甩开折扇,好奇地反问:"如何不规矩?"少女黑亮的眼珠迷惑地转动着,嗫嚅道:"反正你们的听牌与出牌有毛病!我听不懂!你们却像把牌都传看过似的,偷牌吃牌不打格棱,定是有许多暗号小动作。"龙伯里心中一凛,暗暗赞叹少女的冰雪聪明,然而,他不动声色,若无其事道:"龙某不甚明白,请姑娘指点一二，我们究竟做了何许手脚？""这个……"少女一时答不上来，她感觉对手有毛病，真要点出要害，却也不易。她小嘴一噘，生气地嚷："不规矩就是不规矩，你自个儿心里明白！"这一嚷，调门虽然不高，在肃静的赛场上倒也形同霹雳，引来了众目睽睽。先生们不在乎，少女们脸儿薄，顿觉尴尬。娇小玲珑者的搭档是位和事佬，连连哄劝，总算把纷争扑灭下去。

不打不相识。剑拔弩张之后，若化干戈为玉帛，也是别有滋味的情谊。龙伯里与那少女如何一步步亲近起来，外人不甚了了，所看到的唯有表面文章。数年之后，龙伯里夫妇威震牌坛，牌友们无奈称其为"鬼手"之际，有人方才顿悟，龙夫人不正是当年骂龙伯里不规矩的少女吗？近朱者赤，近墨者黑，少女既荣升为龙夫人，便也沾了龙伯里的"鬼"气，两人打起牌来，料事如神，无懈可击。若遇上不知天高地厚者疑其有诈，夫妇二人均像当年龙伯里一般，潇洒不答，一笑置之。有人叹道："龙鬼手找到如此老婆，搭档天衣无缝，亦是天意。如无当年牌桌上一场争吵，牌坛上或许没了这对枭雄。"牌友们对龙鬼手夫妇，既畏服，又心中耿耿，也是矛盾之极了。

鬼手夫妇究竟有何神秘莫测之处？牌桌上的风云，本来如天下兵战，其纷繁复杂，怎可用三言两语说得清楚，为免读者好奇与不耐烦，笔者勉为其难，凭自个儿的理解，约略道来。

桥牌的门道，首先在"叫牌"，其次才在"打牌"。所谓"叫牌"，即捉对拼斗的双方，依一定程序，轮流听"王"，争取对己方最有利的一种花色定约为"王牌"，在此过程中，亦要尽可能多地获取各种信息，推测各人手中的牌点，方能在出牌时不失误。高手上阵，配合默契，几轮叫牌后，能将自己伙伴手中的牌形大体把握，然后准确地决定本副牌的战略战术。桥牌比赛，与其说比谁更高明，不如说比谁犯的错误少些。通过叫牌，摸清敌我双方实力，是能不能少犯错误的前提。遗憾的是，无论何种听牌方法，均难以保证传递所有的信息，加上实战中的复杂，敌手常采用阻击破坏的手段拦截信息，使你往往处于半盲半明的地步，摸索着前行，跌跤也就司空见惯了。

龙鬼手夫妇，令众对手惧怕之处，在于他们从不困惑，任何一副牌，全洞若观火，所有阻击破坏手段都不起作用，夫妇间信息畅通无阻。有人形容说，他们知晓伙伴手中的13张牌，就如看自己手中13张牌一般清楚。加上他俩记性算计极好，对牌桌上52张牌的来龙去脉都掌握得滴水不漏，所犯错误便微乎其微。如此这般，他们无往而不胜，还有谁是敌手呢？

牌友们贬龙伯里夫妇为"鬼手"，表明了畏惧夹杂不平的心态。有人阴损说："男鬼女鬼，全身是鬼，抽筋跳肉，眨眼扬眉。"意思十分清楚，指责鬼手夫妇有众多约定暗号，以各种形体表现辅助叫牌方法，使伙伴迅速了解自己手中的牌形。对诸如此类的微词讽语，龙伯里夫妇充耳不闻，唯有一次，某后生当面逼问得紧，实在不便王顾左右而言他，龙伯里才顶了一句，"暗号真那么灵吗？你为何不编一套试试看？"此话不能说没有道理。52张牌，排列组合，无人能穷其究竟，要靠脸上有限的神情一一表达，到底是谈何容易的事情。众人尽管疑惑，抓不住确切把柄，对他夫妇也就奈何不得。

龙鬼手夫妇的诡诈，止于此，倒罢了，殊不料，他们另有一手，更激起公愤。桥牌对垒，常是十六副一局，其中总有三四副，鬼手夫妇中途便要"摊牌"。按规矩，叫牌定约后，主打的一方中有一人将牌摊于桌面，为明牌，另三人则将牌捏于手中，为暗牌，如此一五一十打去，直至本副牌终。然而，轮到鬼手夫妇主打，常常才出几手牌，他们便将那该作为暗牌的也摊在桌面上，变成明牌。那实在是对另一方的极大污辱。俗话说"明枪易防，暗箭难躲"，鬼手夫妇却等于向人宣告，我在明处，你在暗处，我照样能赢你。说来奇怪，鬼手夫妇摊牌之后，每回仍稳稳地手到擒来，对方既失分又失面子，难堪，愤怒，当是人之常情。不过，静心细想，不带偏见地考虑，若非胸有成竹，神机妙算，又有谁肯或谁敢像龙伯里夫妇般打牌呢？

关于龙伯里夫妇的概说，大致就是这些，信不信由你。有个疑问，不妨再解释几句。鬼手们既有这样的神通，为何不参加正式大赛，甚或去国际上争个名次呢？资料证明，这对夫妇从未申请参加正规比赛，当然更无为国争光的可能性，像是淡泊功名，对冠军之类不屑一顾。笔者曾就此向诸位前辈请教，经人指点，也便豁然开朗。试想，若鬼手夫妇的神通，确实倚仗身体语言暗号，便绝对不敢在正式大赛中露面，那些赛事自有严格地防范"不规矩"的手段，瞎胡混是不行的。再说，那些比赛容不得泼皮耍赖,鬼手夫妇的"摊牌"绝技使将不出来,这就剥夺了他们的怪癖乐趣,也足以屏退这对浑身鬼气的高手。人各有一定的活动天地,离开了最合适的舞台,天才亦可能变成傻瓜。

龙伯里年过半百、龙夫人也达不惑之龄后,鬼手夫妇牌艺精熟,难以寻到敌手了。那一年,开春以后,他们便没有打过牌,既无人上门叫阵,也没人请他们出去过瘾,实在有些儿寂寞。暑热稍逝,秋凉初起,夫妇出游,往皖南山区逛去,散散心而已。也是不巧,到山区后,竟碰上连绵细雨,被阻在一座庙里,进也不是,退也不是。住了三天,庙内庙外全瞧遍了,与和尚们谈禅,也未发现有何智僧,被那淅淅沥沥的雨浇得心中烦躁,无奈之际,唯有躲在小屋中摆弄着牌儿解闷。

那天下午,龙伯里闲踱到庙门口,望着山间的雨雾发愁,见那灰蒙蒙的水烟笼罩远峰近峦,层层叠叠的乌云厚厚地堆着，不知何时才消散得了。龙伯里的目光懒洋洋地低垂下来，忽然，瞥见有一对人影正顺着石板路飘上山来，渐渐近了，像是两个年轻人，一男一女，一青一紫，点缀在灰色的山路上，颇为好看。龙伯里心中叹道："年轻人啊，这天气也有兴致上山游玩！"

一夜风声雨声。估计那对青年也得在庙中宿下。

第二天早上，龙伯里正在老和尚处喝茶，一位高个儿青年气宇轩昂跨进堂来，面对龙伯里一拱手，恭敬地问："恕我冒昧，可是龙先生？"龙伯里认出是昨天上山的青年，也拱了拱手，"在下龙伯里。敢问先生尊姓？"青年笑道："小子司徒东。早闻龙先生大名，如雷贯耳。曾去府上请教，说道先生在山区小住，特赶来请教。"龙伯里纳罕，"两位冒雨上山，特为寻我？"青年点头，"正是。我和妹妹迷于牌道，然盲人摸象，不知门径。烦请先生不吝赐教。"

龙伯里暗自疑惑,端着一杯茶,徐徐品了两口。不知从何处冒出这对兄妹,追到此地寻他斗牌,有何名堂?世上竟有这等痴迷,真是为了探讨牌艺?好在只是打牌,多年未遇对手,胜负如探囊中之物,谁也吓不住他夫妇。龙伯里慨然应允:"困居山门,正觉无聊。先生如有兴致玩牌,龙某敢不从命?"那青年谢道:"龙先生快人快语,令后辈感奋。也算我们兄妹有福,没有白跋涉一场。"说罢,挺古怪地笑一笑,飘然而去了。

午饭后,雨还在飘飘洒洒地下。那对兄妹移步龙伯里夫妇屋内。进得门来,寒暄几句,当哥哥的便道:"小子司徒东,小妹司徒西,讨个口彩,我们便寻东、西向坐下了。"

龙伯里听得别扭,口里说着"随便、随便",目光却和妻子交换了一个问号。所谓"知己知彼、百战不殆"。摸不透对方来历,夫妇俩也不敢过于疏忽。龙伯里在南面落座，而让妻子坐了北面，料想兄妹俩以哥哥为主角，龙伯里坐在他下手，便于制约。

牌哗哗地洗起来。龙伯里手忙眼闲，细细打量兄妹俩，见他们长得颇为相像，一样的长眉高鼻，一样的白皙皮肤，只是那妹妹的白有些儿过分，像是全失了血色，额头两侧的毛细血管清晰可见，微微跳跃，令人觉得她是那种过于敏感的女子。

哥哥开口道："今日打搅，实有一事相求两位前辈。这一圈牌打下来，我们若总是输得很惨，那时还请前辈开恩，收我们作了徒弟。"

龙伯里笑道："何必如此客气？雕虫小技，玩玩而已。"

哥哥正色道："牌桌虽小，却也是个世界，容得许多风云。千里迢迢而来，输在两位前辈手下，可见诚心，无论如何得允我们拜师。"

龙伯里心中一松，不再纳闷。这两位年轻人原为拜师而来,自己警觉过头了!他随口答道:"好说,好说。既是同道,一块儿切磋切磋也是乐事……"

他的话音未落,却见那妹妹抬起头来,脸色阴沉沉,目光清冷冷地问:"不过,若是两位前辈输了,又如何说呢?"

这句充满挑衅意味的话,犹如带刺的鞭子,抽得龙伯里夫妇浑身一抖。但见兄妹俩端坐不动,四道目光逼视过来。鬼手夫妇此刻终于明白,来者不善,善者不来,今天大约是碰到厉害的对手了。

龙夫人不愿丈夫为难,款款地说:"那有何难。我们输了,也就拜两位为师罢了。"

司徒西依旧冷冰冰地说:"我们输掉,拜前辈为师,天经地义。反过来,前辈若拜我们为师,如何消受得起!"

龙伯里心中恼怒。这两位年轻人有备而来,一步步都做了圈套似的,现在又摆出吃讲茶的架势,分明是上门寻麻烦。龙伯里心中道:"凭你们两位小儿,想赢我们,做梦去!"嘴中却只哼了一声,"依姑娘高见,我们输了,又该如何处置呢?"

司徒西和哥哥对视了一下,朗声道:"也很简单,两位前辈登报声明,从今往后不再打牌就是!"

龙伯里夫妇心中同时一惊。他们无论如何猜不到,两个年轻人打上门来比赛,竟为了赌这样一个东道!这到底是从何方角落钻出的冤家?

龙伯里将洗好的牌理齐了,慢吞吞道:"两位既然有此美意,我们能不从命?这会儿,我突然想起一个人,敢问你们与司徒中老先生是何关系?"

哥哥俨然道:"正是家父!"

龙伯里听罢,淡淡说一声,"知道了!我们开始玩吧。"说完,沉着地向坐在北面的妻子点头,示意她可以发牌了。

高手对垒,输赢在意而不在艺。战局一开,牌桌上杀气骤起,乌云密布。龙伯里夫妇,以从未有过的认真,谨慎应付两位年轻人的挑战。两副牌打罢,龙鬼手竟被逼得透不过气来。对手的算计精确、干练老道,毫不在鬼手夫妇之下。何况,未开赛,龙鬼手已先输了一着,他判断失误,那兄妹俩,为主的竟不是哥哥,而是那脸色苍白、有些儿神经质的妹妹。龙鬼手坐在南面,本意是压住那兄长,不料,反把自己的背部露给了更为厉害的妹妹。在布兵列阵上,让对方占先了。若换了别的对手,龙伯里毫不在乎,今天,他却第一回把握不定。对方没有出现过一点点失误,这让龙伯里万分吃惊,难道他们的叫牌方法比自己还要高明?龙伯里以犀利的目光注视着兄妹俩的神情,却连任何微妙的暗示动作也未发现。以他的精明,如果兄妹俩在叫牌时辅以任何身体语言,即使看不准八九,也能测出六七,然而,什么也没有……那妹妹甚至连头也不抬,只顾低头瞧自己手中的牌,把个脑勺对着兄长。唯一让人吃惊的,是她的脸色愈来愈白,打一副牌,添一分白,白里带青,让人不忍看下去。

龙伯里心中叹道:"真是虎父焉有犬子!"

十几年前,龙伯里夫妇新婚燕尔,应朋友之邀,去南洋度蜜月。既是牌坛高手,闻者甚众,到哪里也免不了被人请去玩几圈。秋风落叶,横扫千军,他们轻轻松松打过去,连稍稍能抵抗一下的对手也未碰到。在南洋牌迷中,便有"刮龙卷风"之说。一日,又有人来请,说是南洋一带名声最盛的桥牌好手,且是对兄弟,大哥叫司徒中。龙伯里夫妇的朋友道,这司徒中是南洋巨贾,人缘极好,打牌从未输过。人家碍于他面子,让一让难免,但司徒中牌艺不俗亦是事实。他本人自视甚高,曾夸口说,若有人让他输得一塌糊涂,他便退出牌坛,永不下海。因此,那朋友劝龙伯里手下留情,以免伤了和气。并说那司徒中手头阔绰，又爱才如命，龙伯里肯稍稍谦让，大家都有好处。那时，龙伯里还相当年轻，对朋友这般世故的劝说，一笑了之。要他以牌桌上的输赢，来换取其他方面的好处，简直是奇耻大辱。碍着友情，他只是不正面相斥罢了。在司徒中府上的一圈牌，是龙伯里夫妇在南洋赛事中最激烈的一阵了。司徒中兄弟牌艺精湛，和龙伯里夫妇不相上下，鬼手只在叫牌上略占优势，对52张牌的走向更清楚些。仅凭这点，龙伯里夫妇始终保持着微弱的领先。然而，面对如此强大的对手，龙伯里不敢轻率，他竟始终不敢玩出摊牌的绝技，从心理上说，龙伯里自感已是输了。未料，最后一副牌，风云突变，司徒中兄弟为了一举挽回危局，竟冒险叫到了"小满贯"。叫牌中，龙伯里早将自己与妻子手中的牌摸得一清二楚，知道对方打"小满贯"必输无疑，因此怡然自得，在对方主打的情况下，甩出第一张牌后，便将满手牌推到桌面上，意思是说，任你们如何高明，也回天乏术了。司徒中兄弟双眼一瞪，气都回不过来，悻悻地把牌扔在桌上，认输了。

赛后，朋友告诉龙伯里，司徒中老先生竟吐血卧床不起。龙伯里没想到老先生对输赢看得如此之重，虽不感觉歉意，倒也有惺惺相惜之意。司徒中一诺千金，竟在报上赫然声明，今后不再打牌。当时，龙伯里感叹不已，遂想到"既生瑜，何生亮"的古语。从来双雄难以并立啊！

今天，司徒东、司徒西兄妹上门挑战，龙伯里突然明白，十几年前的事情尚未了结。看来，司徒中本人虽然退出舞台，心并未死，长期精心调养出一对虎子，为父亲复仇来了。

好像十几年前历史重演，不过位置换了一换，一直打到第十五副牌，司徒东、司徒西兄妹始终保持微弱的领先。现在，轮到龙伯里如坐针毡。为保护一世英名，能不能在第十六副牌挽回败局，须看天意了。

司徒西在发牌。打牌开始后，司徒东声明，昨日上山时，他摔伤了手指，发牌不便，要请妹妹代劳。龙伯里见他手指缠着纱布，渗出的血染红了白纱。自然只能同意。所以，东、西家的发牌，均由那脸色苍白的妹妹一人辛苦了。

龙伯里脸上不动声色，心中暗暗祷告，愿命运之神保佑，摸到一手好牌，在最后一副牌"搏"一番，避开那已晃到头顶的复仇之剑。

牌一张张摸起，按花色插到各自的位置上。一阵狂喜袭来，在心头涌动，龙伯里凭借数十年的修养，才把这股心潮压住，没让喜悦飞上眉梢。他只向妻子瞥一眼，右眼皮微微向上抬两抬，把信息传递过去。心领神会的默契，在这不显山露水的情态中完成了。妻子已经知道，他摸到了一副极为罕见的好牌。

你打十年桥牌，也难得有一回撞上这样的牌型！况且，这副牌来得不早不晚，出现在厄运将要降临时，犹如覆舟之人抓住木板，龙伯里为之一振，精神抖擞地决意挽回败局。

龙伯里手上，竟捏着11张黑桃，且包括了黑桃中的所有大牌；其余两张是小梅花。这样的牌型，点数不高，却至少可打5黑桃，如果伙伴略助一把力，打到"小满贯"，乃至"大满贯"也是可能的。

两圈"叫牌"下来，龙伯里已大致把握了妻子手中的牌型，她没有黑桃，但在梅花上有两张大牌，K与J，方块与红桃上，没有A与K，但有Q。打"小满贯"冒险，龙伯里决定先叫5黑桃，试试对方态度。

龙伯里话音刚落，司徒西头也不抬，立即应叫5"无将"。龙伯里料想她在瞎抬杠，因为她绝对估计不到南、北家手中的黑桃分布如此不均匀，如果以"无将"定约,开打黑桃,一口气打下去,东、西家如何守得住?可惜的是,偏偏妻子手中一张黑桃也没有,第一张牌打不成黑桃。龙伯里硬着头皮叫6黑桃。妻子手中既然有K和J,梅花上或可得一副,成功的可能性还是蛮大的。

司徒西冷冷一笑,又应道6"无将"。

龙伯里暗暗恼怒,这小女子实是蛮横,他们手中无一黑桃大牌,如何打得了"无将"。难道司徒西是透视眼,看得到妻子手中没有一张黑桃?龙伯里推测,司徒西宁可输几张牌,也不愿让龙伯里打成"小满贯"。好厉害的女孩子啊!龙伯里暗自叫苦,打"大满贯"是不可能的,明摆着梅花上要失牌。他无可奈何,咬牙叫了一声"加倍",那也就是一点心理战的意思了。

按常规,到此便定约了。谁也料不到,脸色苍白的司徒西,又石破天惊地叫出一声7"无将"。真正是活见鬼了,从未见过如此不知死活的叫牌!即使司徒西料定北家手中无一张黑桃,南家手中的大黑桃全部被关死不起作用,也绝无叫"7"的道理,须知北家手中有K,有Q、有J,失分的可能性极大,打到"6"已经够吃力了,打"7",不是自寻末路吗?

龙伯里又叫一声"加倍"。他决心使出毕生本事去经营这副牌,让不知天高地厚的小女子尝尝苦果。

司徒西和龙伯里"赌"上了,寸步不让,她扬起眉毛,现出无情与冷酷的神色,竟然又应了一句"再加倍",气得龙伯里险些吐血。

决战终于开始了。北家出第一手牌。龙夫人没有黑桃,打出一张小梅花,东家司徒东的牌全摊到了桌上。这一摊牌,便看出了龙夫人出牌的高明。司徒东的梅花,是A,Q和10,无论出A还是出Q,北家手中的K和J就将起作用。龙伯里脸上没一丝表情,心中却冷冷发笑。他算定司徒西绝不敢出"10",那太冒险,因为她根本无法知道 K 和 J 都在北家,只要有一张在南家,南家得手后,连出 11 张黑桃,那南北家就输得连回家的路都找不着了。这种风险,是任何一个稍有经验的好手都不敢尝试的。

司徒西不急着出牌。她抬起由白变青的脸,眼里闪着诡诈的笑,悠悠地说:"据我所知,龙先生有一手摊牌绝技,当年和我父亲玩时亦露过山水,今天怎么不让小辈见识一下?"

龙伯里显得窘迫。今天,他始终处于劣势,哪里还顾得上摊牌?此刻,手中的一副牌更是绝对摊不得,无论司徒西如何激将,他也不会上当。龙伯里故作不屑地道:"那是雕虫小技,不必提起吧。"

司徒西凛然道:"前辈谦逊,我却要失敬了,这副牌我摊开来打。"

龙伯里感到她实在欺人太甚,冷冷刺道:"我看这副大满贯是打不成的。若你认输,不妨摊下来,想赢，还是不摊为妙。"

司徒西阴沉地笑着："前辈摊牌，每摊必胜，我是亦步亦趋，学着点皮毛啦。"说罢，不由分说，把自己的牌全摊在桌上，同时，不假思索，随手从东家拿起一张梅花"10"打出来。

这一刹那，龙伯里觉得自己简直是在和魔鬼打牌。司徒西如果没有透视眼，看不到南北家手中的全部牌型，她有天大的胆子，也绝不敢如此出牌。即使不出梅花A，想偷牌的话，至少要出Q，出10，是太荒唐了。然而，她不走千条阳关道，单走小小独木桥，又偏给她走通了，轻而易举地粉碎了南北家想在梅花上得分的企图。司徒西以明打暗，神机妙算，越打越顺手，没给南北家以丝毫喘息的可能。龙伯里的意志垮了，输得一败涂地。这最后一副牌，龙伯里明明摸得一手罕见的好牌，却反给司徒西打了个满堂红，她还像在关公面前舞大刀地摊开牌打。这对兄妹，确实彻彻底底地为父亲复了一箭之仇。龙伯里颓然倒在椅子上,半晌没缓过气来。

龙伯里病倒在野庙中,发烧,神志不清。数天后,他终于苏醒过来,见憔悴的妻子守护在榻旁,头一句话,便问那对兄妹还在不在。妻子说,和尚们讲,打完牌,叫司徒西的女子也垮了,吃不进饭,却吐了血,那哥哥坚持要背她下山,说早点回南洋去,和尚们担心,那女子能不能捱得过路上的辛苦。

龙伯里虚弱地叹了口气,道:"我明白了。这是何苦呢?"

妻子问他明白什么,他闭上眼睛,不肯再说。

龙伯里果然信守诺言,在报上登出声明,今后再不玩牌。那对兄妹,从此也不知音讯,不晓得是回到南洋回复父命,还是飘散到别处。

很多很多年之后,根据和尚们传出的故事,才有人猜测到，那妹妹司徒西怕是练出了特异功能，手指摸牌便可摸出牌型，难怪司徒东有意弄伤手指，让她多点发牌机会。这种功夫是很伤人的，司徒西应付完赛事，也就虚脱了。

难怪龙伯里要说："何苦呢？"世间众人，能真正参透此问号的，又有几许？

——原刊于《上海文学》 1992年第2期

仙手

本是民间棋迷间流传的一则似真似假的故事。约在一千五百年前,和那位"采菊东篱下,悠然见南山"的东晋陶渊明差不多同时,黄山脚下,古徽州一带,出过一名围棋怪杰。那人本是落魄书生,当不了官,著不成书,单靠教几名大户人家的子弟混饭吃。原先,也有人知道书生会下围棋,只不过棋艺平平,顶多陪老爷们消闲换口酒吃而已。一日，书生的老婆因耐不得贫寒，跟着过往的商人私奔了，书生万念俱灰，离开家园，遁入深山，一说做和尚道士去了，另一说是寻死解脱去了。不料，一年后，书生重归故里，脸也红润了，脚也轻盈了，飘飘然，竟似成就了仙风道骨。别的异端怪兆不曾见到，单单露了一手围棋绝技，方圆数百里，弈者无其对手，皆望风披靡不必说了，竟还公然在门口挂出块"天下第一先"的牌子。知情者讲，那书生牌子上的五个字，本来是"天下第一手"，后来，不知是为了略显谦逊，还是给自己留个退路，改为"天下第一先"，那意思是说，对弈时，凡书生先行，便不会输与天下任何一位高手。书生后行呢？他不说，算是略留余地。这种向普天下高手挑战的狂妄，自然引起公愤。一时间，南北名家，山野豪杰，纷纷奔向黄山脚下。那书生来者不拒，有时一天连斗数人，竟无不胜之战。最怪诞处，那些挑战者雄赳赳而来，一局棋终，不但输得心悦诚服不敢吱声，而且人也变得懵懵懂懂，此后棋艺便日薄西山，不敢在一方称雄了。那"先手王"的名声越来越响，还添了点阴森诡诈之气，渐渐地，已无人敢再上门挑战。门庭冷落许久之后，一日，不知由何方来了位胖大和尚，一路吆喝着要寻"先手王"对弈。四方好奇之士，见又来一位不怕死的，纷纷聚拢看热闹。棋局摆在书生屋前大树之下，和尚与书生各坐了一只大石凳。那和尚说话爽快，言明他欲斗"先手王"，所以请书生先落子。书生并不谦让，拈了一子，随手便扔向棋盘。围观者，初时见书生一脸漫不经心的模样，待三着过后，却见他不敢疏懒了，开始正襟危坐，一脸肃杀之气。十几着过后，大和尚红中透紫的脸膛，却似夏天雷雨云忽至，发起黑来。旁观者暗暗叫奇，那棋盘上未见什么激烈精彩的厮杀，分明均是寻常平稳之着，两位高手却如何已斗得精疲力竭？再下了数着，书生的脸也渐渐发青，胖大和尚更支撑不住，一只厚而多肉的手掌哆嗦起来,两指夹住的棋儿忽然而落,在石桌边角跌撞一番滚落到泥地上。大和尚勉强笑着,笑中带些儿惨然,"罢,罢,我输也。"他奋力站起,跟跄着险些儿摔倒。围在棋桌旁的看热闹之众,目光呆滞,面面相觑,谁也弄不懂怎么回事。棋盘上黑白两军,刚刚摆开毫无风险的对峙之阵,哪里见得输赢来?胖大和尚谦恭地向书生一拱手,"恕在下冒犯,我是有眼不识泰山了。你那'天下第一先'的'先'字,实该改为'仙'字方对。"书生在石凳上端坐不动,好像也是费了好大劲才缓过气来,跟着拱拱手道:"不敢,不敢,大师承让。若再下上几手,我便要输了。"大和尚道:"若再下几着,只怕命也要留在此处了。"说罢,和尚挤出人堆,步履蹒跚地走去。从此以后,人们便把"先手王"称为"仙手王",只是再也没有一人敢向他挑战。书生或许是觉得寂寞,再不提下棋的事,摘下"天下第一先"的牌子,终日喝酒而已，最后又遁入深山，不知所终。

　　这则传说，未有任何正传野史的文字可作佐证，唯在棋迷间口头流传，信不信由你。在流传过程中，仁者见仁，智者见智，予以注解者也不在少数。有人说，那书生在深山无人处，怕是遇着了围棋的鼻祖，或是觅得了仙家的棋谱秘籍，所以成为出神入化的高手。多数人不同意这般诠释，理由是那书生不但赢人棋，似乎还赢人心，摄人魂魄，当是遇见了异术奇士，练就了独门神功。有人特别分析了书生与和尚的一盘棋。棋盘上无甚精彩奇妙之着，可见二人所斗功力均在棋外，都欲牵着对方走，最后和尚功夫不济而败下阵来。这种解释不但有迷人的魅力，也比较说得通，因此获得广泛的认可。试想，东晋是何等乱哄哄的年代，什么样的怪事不能产生呢？况且，与书生差不多同一地域的陶渊明能寻出神幻莫测的桃花源，就不能再有一个围棋的神话么？

此后一千多年，历代围棋名手辈出，如书生一般者，却再未有过。直到民国初年，大约在北洋军阀统治的时候，也是在黄山周围的一个小镇里，竟又冒出位相似乃尔的人物。

袁世凯之后，北洋军阀中，有个叫段祺瑞的，曾引领过一段时间，官至内阁总理，并军权在握，征东伐西，声名显赫。除了在教授近代史时把他批上几句，一般老百姓已很少记得此位段某人。唯有围棋界，还偶尔说到段祺瑞的事儿。段军阀，包括他家里和周围的若干人等，竟附庸风雅地喜欢下围棋，段府内，常有棋界高人走动。后来成为日本棋界一代宗师的吴清源，少年时，也做过段府的座上客。段祺瑞，属皖系军阀，部下自然有许多安徽人。因此，这位大人物喜欢围棋，便曲里拐弯地与安徽小地方的棋坛怪人发生联系。说也巧，怪人也姓段，名儿俗气，单单一个"五"字，大约他在父母膝下排行第五，便顺口叫他段五。

段五不是本地人。何时何故来到镇上，无人说得清楚。那时，常打仗，又常闹饥荒，人群像蚂蚁般乱纷纷地爬动，命不值钱，彼此间也就生疏得很。段五那时才三十岁，来到镇上，随身跟着位面目姣好的女子，无以谋生，便在茶馆中做账房，他算数快而准确，账目从不出错，老板挺看重他。那个镇，历来喜欢围棋的人多，不但读书人善弈，一般老粗也会摆弄黑白二子。茶馆，是全镇围棋的中心场所，常有人泡了茶慢慢地对弈，四周便围着一帮吆五喝六的闲人。起初，段五不露声色，大家不知道这个外乡人也会下棋。有一回，老板和人赌棋，夸了口，说若是输了，三天内茶馆不收费，尽众人白吃白喝。那盘棋也是蹊跷，按老板实力，该是赢的，一路下来，均很顺当，老板夸口前，是掂过分量的。孰料天有不测风云，老板一个疏忽，长龙活生生被切断，眼看首尾不能相顾，竟然将要大输。老板急得满脸油汗，四旁看客想着三天的白吃白喝，跺脚敲桌地叫好。段五从账台旁踱过来，见老板那猴急样，便俯下身，在老板耳旁低语两声。众人不知段五会下棋，谁也不在意。哪里知道。老板听了段五的点拨，脸上顿时冒出生气，在要害处强硬地作了个"劫"，反而打得对方溃不成军，把众人到了嘴边的白吃白喝又捞回去。

这便是所谓"真人露相"了，霎时间，远近都传开去，说茶馆账房棋术高明，好奇者，纷纷上门来试探虚实。段五虽想竭力推脱，老板倒鼓励他和客人下棋。原因不在于老板想报答段五的救驾之恩，却是出于精明的经营之道。下棋、看棋者蜂拥而至，茶馆生意不更加红火吗？

既然走上赛场，段五便不肯谦让，找他下棋者，个个都输得屁滚尿流。最令人恐惧的，是和他对弈时有一种魂不附体的感觉，似乎不是自己的大脑在指挥棋子，而是自己的大脑听命于冥冥中的什么声音，总是被段五牵着鼻子糊糊涂涂地落子，虽然通盘找不出什么大破绽,一着一着都不离谱儿,但归根结底是跟在段五后面亦步亦趋,他不多不少地略占点优势,终盘时也就赢几目而已。这种弈法,比大输特输还令人害怕。输得厉害,知道自己的错处,以后尚可改进;反之,仅输一点儿,却不知为何输,而且好像还不能不输,便令人不寒而栗了。

镇中许多人觉得怪异。这时,才静下心来盘算段五的来历。左分析、右思量,谁也说不分明。于是,有几位不知天高地厚的年轻人决定冒险用特别手段来侦察。

那日,茶馆来了一位阔少。此人方圆百里闻名,仗着祖上传下的大片良田,吃喝玩乐,专门结交游手好闲之徒,兴之所至,大把撒钱,并不吝啬。阔少到茶馆坐下,身旁站定几位酒肉朋友,嚷道:"今天少爷高兴,欲与段五斗棋,条件从优,少爷输了,给段五五十块大洋;段五输了,磕三个响头便罢。"段五听罢,虽然有些儿难堪,但毕竟那五十块大洋的赌资是大数目,不由心儿一动,悻悻然道:"少爷如此抬举,段五敢不从命?"说着,从账台后走出,随手取副围棋,便与少爷对面坐下。少爷的随从闲人们道:"这等好事,你段五一生难得遇上,全是弟兄们和少爷求来的,你输了,不必说,若赢了那五十块大洋,如何谢我们?"段五见这帮朋友均不是好惹的角色,心里盘算,真赢了钱,想太平发财,只好让他们沾点光,也就慨然应允,"我赢了,自然是托乡亲的福,拿出三成喝顿水酒如何?"众人齐声叫好,快快活活地催他们快些儿落子。

段五不能让阔少过分丢面子,同时也看在那五十块大洋的份上,这盘棋便下得十分精细,该让阔少得意处有心承让,该自己占先时亦不肯怠慢,下了几个时辰,直至日落西山,才封盘点子,不多不少,段五只赢了一二目。少爷输得舒服,丢出大洋潇潇洒洒地离去。段五也不敢食言,由一帮闲人簇拥着去了镇上的酒楼。

那顿酒喝久了,酒楼老板为赚钱,只好推迟关门。喝到月盈星满,酒徒们才跌跌撞撞出门。那段五,到镇上后向来本分,不乱说乱动,这天却给一帮小子灌得昏天黑地,酒气冲天回到住处,吐了一地,庆幸的是,怀中尚剩三十块大洋。以后,段五自开一家茶馆,本钱部分即来源于此。

这整个儿是一场戏。阔少不知情,是被人诳骗出血者,那帮闲人方为主谋,为的是将段五灌醉后套出真情。不几日,镇上渐渐传开了,段五是有来历的,本是某名山宝刹的和尚,老和尚的传人,那棋艺不去说了,更有一套本门嫡传的摄心功,与他斗棋,如飞蛾扑火,棋艺不如他者,靠平常棋法赢,棋艺超过他者,只须稍稍运动神功,便不由对手不服调遣。段五本该在山上修身练功,却不料为一女子动起凡心,瞒了师傅逃下山来,还俗成婚,又怕世间口舌，才隐姓埋名，到此镇上混口饭吃。

这镇子，在乱世中野惯了，淳朴之风日稀，信佛者早已凤毛麟角，只崇尚实实在在的人物和本事。知道段五底细后，乡邻非但不敢小瞧他，反而增添几分敬畏，茶馆老板也不敢将他当伙计随意使唤。未过多少日子，段五自己开茶馆当老板，与人喝茶论棋谈道，安居乐业了。

段五名声日大，传到了段祺瑞身边人的耳朵里。有人知道段祺瑞好招待围棋高手，意在讨好段府，便到乡下来寻段五，请他去北京一游。段五寻思去京城见见世面，应允了。

请段五去北京者，不便贸然将他带进段府，先找几名二三流棋手与他对弈，段五都一一轻松地赢了。和他对弈者，弈后都生出恐惧之心，其中一位，竟至神志不清。道理十分简单，京城的三流棋手，棋艺均高于民间棋迷，段五不敢大意，当是用了摄心功，便害了那些棋坛上的凡夫俗子。段五听到对手的消息，毕竟受过多年佛门慈悲的教育，于心不忍，便产生了离京回乡的念头。恰好，旁人已在安排他和当时已崭露头角的吴清源赛棋。段五旁观了吴清源的一盘棋，观罢，长叹道："此后生如此了得，将来必是棋界泰斗，我若害他，天理难容！"于是，坚决要回安徽去，再不肯在北京下棋，当然也就没进过段府。

此后二十多年，段五在小镇当茶馆老板，对围棋，只坐而论道，不轻易出手，旁人知道他厉害，谁又敢挑战？有人曾想拜他为师，他叹道："我虽然背叛师傅，但不敢忘却誓约，本门绝技，非门下之人，绝不可传！"又有人联想到陶渊明时代的"仙手王"，觉得他们似出一道，也就尊称他一声"仙手"，唯段五本人绝不肯应承。

若是没有那场浴血八年的抗日战场，段五或许太太平平终老小镇，不会生出什么大事。谁又能想到命运如此乖戾呢？

日本人打到此地时，段五已经五十几岁了。中国民众所受的种种磨难，段五自然无一幸免，但是，由于他名声在外，又多一大劫。

占领县城的日军部队的司令官还很年轻，入伍前，迷于棋道，几番拼搏，却战绩平平，未见出人头地，心中积了口怨气。被征入伍后，改棋盘上的厮杀为战场上的肉搏，杀人如麻，血见得多了，心渐渐如铁石一般，觉得大开杀戒乃人生快事，不顺心时，只须令人开枪扫去，放火烧去，便痛快淋漓，舒畅无比。

司令官在县城住得久了，该杀该烧的事做得多了，有些儿无聊，便问身边的汉奸，附近有什么可以玩玩解闷之处。一个汉奸献计道，把妓院的闲杂人等赶光了，由司令官一人逍遥，话未说完，司令官眉头一皱，便喝令把此汉奸推出去枪毙了。汉奸们面面相觑，吓得面如土色。后来，才探明底细，那司令官的出身不怎么干净，母亲早年当过艺妓，所以最恨人提"妓"字。司令官再问怎样消遣时,汉奸们便不敢轻易出言。其中一位胆大的,知道他有围棋嗜好,决定拍马屁,便将有关本地区奇人段五的故事一一说来。司令官听罢,脸上顿生异彩,喝令汉奸快去将段五带到县城来。

段五被兵车押来,带到司令官住处。五十多岁的中国老汉一个,清瘦干瘪,实在没有什么奇异之处。那司令官既然学过围棋,对中国文化多少知晓,深知中国文化的博大精深,不敢以貌取人,竟然拱拱手客客气气道:"老先生不必惊恐,本司令官无加害之心,今日只是以棋会友,玩玩而已。"段五是见过多少世面的人了,今天既来,知道凶多吉少,已与妻子告别过了,倒也泰然,微微一笑道:"老朽山野之人,何蒙错爱?我封棋多年,棋盘上早就生疏,如何敢与长官对弈?"日本人不与段五理论,却吩咐在客厅摆下棋盘,送上清茶。那副棋,是地道的云子,也不知司令官由何处掠来。

日本人解下腰间的挎刀，往八仙桌横头一搁，架在棋盘上，然后显出儒将风度，邀段五入座。

段五心里寻思，这盘棋不好下。赢了，日本人哪肯罢休？输了，丢中国人的脸。若是象棋，尚可弈成和局，围棋，本无和棋，非赢即输，别无良策。司令官像是猜到段五心思，冷笑道："段老先生瞧不起本人，不肯赐教么？"段五沉吟着，一时竟不知如何作答。司令官又道："据传，早年段先生不肯与吴清源先生下棋，有意承让。段先生可知吴清源今日在日本棋界的地位？"段五点头，"略知一二。"日本人圆睁双目，眼中射出刺刀般的光来，"你今日遇见吴先生，还敢说那种狂妄的话么？"段五不愿在那两道目光前退缩，淡淡地答："鹿死谁手，谁敢未卜先知？棋盘上的输赢，老朽早看淡了。"日本人嘿嘿地笑起来，"果然是高人不出俗言，佩服佩服。知道段先生乃一代奇人，本司令官亦非一介武夫，今日实是诚意请教，烦段先生指教一二，自当重重酬报。"日本人一副斯文儒雅的模样，还学着中国人的礼节，向段五又拱了拱手。

段五心里一个激灵，皮肤上结起疙瘩。他已经把日本人请他来的用意洞察了。这会儿，他更明白今天在劫难逃。他若无其事地说："日本的围棋已在中国之上，我一个老头子，有什么可以教长官的？"日本人耐着性子说："段先生是明白人，你今天只须将那下棋的摄心功教给我，不但保你太平无事，还自有你的许多好处。"段五在肚中冷笑，这个狂徒，想学去中国的至尊奇术？他若有此本领，不知又要害多少人，只怕日本棋界的泰斗们也难免受他荼毒。段五断然摇头，"长官听信流言了，老朽哪里有这等手段。"司令官听罢，脸上横肉绷紧了，道："段先生和我开玩笑吗？也罢，我亦寻个开心给段先生瞧瞧。"说着，让士兵押上一名中国百姓，扔把刀过去，说是在客厅中决斗，死活自靠天命。那位中国百姓，虽然是四五十岁的中年人，但分明在牢中关押已久，脸色苍白，站立不稳，哪里还有力气打斗？司令官却不容分说，从八仙桌上抽出自己的挎刀，大步走到对手面前，两个回合，已一刀捅穿中国百姓的胸膛，殷红的血喷出来，挎刀全染上了。司令官眉毛也不动一根，将刀在尸首的衣服上擦了擦，回到八仙桌旁，把刀依然架在棋盘上方，青着脸说："段先生，玩笑结束了，还是言归正传吧。"

段五瞧了瞧那把还留着血印的刀，又瞧了瞧被日本兵拖走的同胞尸体，垂下头沉思片刻，说道："长官一定要学？"日本人拖长声音，很威严地"嗯——"了一声。段五长长地叹了口气道："也罢，今日是天意难违，我只能破师门戒规了。"叹罢又道："这并非什么深厚功夫，本是小小的异术。要学不难，只须边弈边体会，才能得其要领。"日本人急不可耐，只催他快快讲来。

旁观者但见二人埋头于棋盘上，段五不停地说，司令官不住地点头，兴奋异常，似已渐入佳境。忽然，司令官快活得手舞足蹈起来，嚷道："成也，成也，如此仙手，天下何人敌哉！"部下尚不及反应，却见司令官抽出八仙桌上的长挎刀，刀尖对准自己胸膛，狠命捅去，狂叫一声，鲜血喷出，身体如硬石般倒下，在客厅地上撞出轰然巨响。

段五亦站起身来，瞧着司令官的尸首，开怀大笑，随即訇地一声入座，直挺着身子再也不动弹。竟是震断经脉而亡。

——原刊于《海峡》 1992 年第 4 期

醉爷

关于醉爷的神话,很玄,有些传说,让人难以置信,仿佛是从《封神榜》上抄下来似的。在醉爷的家乡——内地的一个小山村里,人们却虔诚地相信,并且热情传播,向任何一个偶然路过的旅客不厌其烦地宣扬。在那闭塞贫瘠的角落,这是唯一能让人津津有味夸耀的人物,给不起眼的小村落添了点神秘的光彩。老人们对孩子们说:"谁说这一方山水不养人？咱这儿出过醉爷，灵气多着哩，保不准何时再出大人物。"可惜，好几十年的时光溜走了，山道上只忙碌着为吃食辛苦劳作的平民，没出现啥奇迹。年轻人甚至怀疑，所谓醉爷，是确有其人，还是老辈们口头演义的梦话？不过，在后山顶上，确确实实有一座烧得只剩底盘的亭子，亭旁立了块大青石，石上凿着三个无甚章法却厚重有力的大字：醉爷亭。

醉爷出生时，北京的宫殿里，还是皇帝统治着，人们的脑后，都拖着一条难看的辫子。小山村，比现时穷得多，一年里有半年吃粮食的人家便算不错，娶媳妇也算很容易的了。醉爷的家，是村里首富，好些山坡地种不了，租给他人去种。醉爷的家，不但一年到头有粮食吃，自家还养着肥猪，酿着土酒。毛病，就出在这土酒上。本来，这土酒只有一小半供家里的男人们享用，大半是卖给村人或路过的旅人的。到了醉爷的老爹手上，家里酿的土酒很少出售了,有时,邻人急用,求爷爷告奶奶的,也买不到手。据说,醉爷的爹嗜酒如命,用碗喝是不过瘾的,常常捧住酒坛牛饮,不喝得头重脚轻、摇摇晃晃不肯罢休。村里人都暗暗嗟叹,这样,好好的家当不全得糟蹋光吗?据说,醉爷的爹年轻时是挑得起三百斤担子的壮劳力,样样活儿干起来都是头等的,落到酒鬼的地步,真让人伤心。醉爷的娘向娘家人哭诉过,说她嫁过去没两个月,男人夜里干活,太困,竟在酒糟堆里睡熟了,第二天醒来,大嚷口渴,水是不要喝的,单挑酒饮,成了个道道地地的酒鬼。

　　神奇人物的出现,难免有些偶然性。那个春寒袭人的夜晚,醉爷的爹不在酒糟堆中迷失了魂儿,不变成整日里捧着酒坛过日子的废物,传说中的醉爷也将不复存在,他即便降生在世上,也仅是一个无甚稀奇的乡巴佬。

醉爷的爹无一天不饮得烂醉，家里财产败光是不必说了，还祸害香火的延续。他的房事，大约都是在烂醉如泥中进行的，所以他老婆怀过十来胎，生下的，不是死婴，便是活不了几天就夭折，十者余一，单单存活一名——日后令村人大沾其光的醉爷也。醉爷的娘，如何疼这唯一的幸存者，是不必怀疑的。令这位可怜的女人伤心的是，小小的娃儿，喝奶以外，自幼讨厌喝水，一给他饮水，他便大哭大嚷，可是，只要在水里兑一点酒，他便喝得眉开眼笑、手舞足蹈。都说从小看到老，酒鬼的天性已深植在这个小小的生命中了。爹的精液中，有太多的酒精，儿子亦无药可救。

小时候的醉爷，日子难过。他那老爹，家中有土酒喝，脾气尚好，到家里山穷水尽，连喝粥都难得，便日见暴戾。白天，老爹无影无踪，不知去向。有人说，他专往有酒坊的地方跑，捞着机会，便喝上几口。夜间,醉醺醺地回家,若是家内老小都睡下了,他便暴跳如雷,捞起木柄就揍人,首当其冲的,当然是儿子,老子打儿子,天经地义。在一个大雾弥漫的秋夜,老爹一脚高一脚低摇晃在山道上,往破旧的窝里赶,那天喝的酒多,兴致特别高,手里也痒痒的,可怜的儿子又将挨一顿揍。然而,他再也揍不动人了。在山道弯弯处,他瞅见一株在密雾中摇曳的小树,以为是遇到了拦路抢劫的强人,他嘴里骂道:"龟孙子,想抢你老爷!"随即火暴暴地扑将上去,大有拼个你死我活的味道,结果扑断了小树,自己像截木头般翻滚着掉下山涧,消失在大雾深处。

少年丧父,是人生悲剧,对醉爷来说,则还有几分好处,他不会一到夜间就战栗地等待老爹的归来,等待遭受例行公事的皮肉之苦。他站立起来,像一下子大了许多,他该是个男子汉了,他得为自己和母亲挣一份口粮。

他没有任何本事，苦苦哀告拜一位老石匠为师，为师傅挑担扛石打下手，翻山越岭得几分苦力钱。师傅觉得他笨得像木瓜，脑子不开窍，教啥都学不会，前教后忘。师傅的嘱咐，像山风过耳，一丝儿都留不住在心里。师傅无奈，不指望他学会手艺，只看他本分老实，留他在身边吃口粗饭而已。

有一日，出稀奇事了。师徒俩在一个大户人家揽到了凿石棺的活计。那大户人家十分讲究，讲明要凿出许多花样，为了石匠尽心干活，吃饭时赏了两壶酒。徒弟喝掉一碗酒，猛然来了精神，气宇轩昂地对师傅说："您慢慢吃着、歇着，我先干活去。"师傅以为他去清理场地，并不在意，顾自吃好歇够，才慢悠悠地朝干活的地方走。走到石棺旁，师傅傻眼了，只见徒弟光着膀子飞锤走钎，无师自通地在石面上将花样一一凿将出来，不但没了平时的笨相，那灵气，那手艺儿，连干了几十年的师傅都自叹不如，要不是亲眼所见，师傅断不敢相信这活计出自徒弟之手。师傅诧异地问他,怎么像变了个人?年轻的徒弟自己也摸不着头脑,只说喝了酒便鬼使神差地干起来,一点儿也不费劲。说也怪,第二天一觉醒来,徒弟又恢复了老样子,笨得像老牛,除去卖苦力,什么手艺活都干不成。师傅暗暗纳闷,又试了几回,果然,只要给徒弟喝点儿酒,他就能干起来,酒喝得越多,越见神灵。真是闻所未闻的怪人。

老石匠小时候没了爹娘,被远亲送到庙里当小和尚,有个吃饭的地方而已。在菩萨脚下,香火缭绕,清茶素食,他长成了个挺精神的小伙子,春心渐动,不安分起来。那年,庙里请来位石匠,翻修石栏石阶,跟着石匠的,有个十七八岁的女儿。三五天工夫,小和尚与大姑娘就如干柴烈火似的对上了。佛门清净之地,他们不敢胡来,便在夜里溜到后山竹林中幽会。到得石匠完工辞行,这对青年已难分难解。女儿跪倒在父亲面前哭求，要带上小和尚同行，父亲听说女儿肚中已有了小和尚的种，无可奈何，只得应允。小和尚潜逃前，一时糊涂，怕将来日子难过，还卷走了庙里的若干铜器。小和尚做了石匠的徒弟，熬年熬月，终于送走了血气旺盛的日子，慢慢变成清心寡欲的老石匠。这时，他开始经常后悔年轻时的糊涂行为，担心哪一天会受到菩萨的惩罚，担心脚一蹬闭眼之日要下地狱，便有意修善行好，以求赎罪。他对醉爷的照看，不赶跑这个愚笨的徒弟，也是出于怜悯孤儿寡母，做点好事罢了。待发现了醉爷的异相，他大大地恐惧起来。

那时候，北京城里皇帝已被赶下龙庭，但穷乡僻壤依然是穷乡僻壤，除去男人可以不拖辫子，实在无甚变化。方圆几十里的山区，能识文断字的，凑不满十个。民间流行的文化，是凑在一起吃饭时说的天地鬼神。老石匠走南闯北听得多了，深信凡有异人异相出世，周围必有血光之灾。他不明白自己的徒弟怎么会有那样奇怪的秉性，酒一沾唇，便似有鬼神附身，断定徒弟来历不凡。联想到自己年轻时在菩萨跟前做的孽，不由惶惶不安，生怕有不测之灾降临到身上。

这日，夜里师徒俩在一个小镇歇脚，老石匠特地买来一坛酒、两三样下酒的小菜，请徒弟对饮。几杯酒下肚，老石匠唏嘘道："难得我们师徒一场，你是好徒弟，一直孝顺得很，可惜拜错师门，跟了我这没出息的老头子。"

若在平时，醉爷糊糊涂涂的，断然听不出师傅话中的含意，但那天他已喝下了几杯酒，竟然心明如镜，师傅的用意，他全然洞察，便从容答道："您老人家不想要徒弟了，说一声，让我卷铺盖走人就行，何必还要破费摆酒辞行哩，让徒弟消受不起。"

老石匠见徒弟全无平日卑微模样，酒色微染双颊，眼睛凛然有神，庄重端坐，一派贵人模样，心里顿时哆嗦着抽紧了，慌乱中早已六神无主，挣扎着站起，扑通一声跪倒在徒弟面前，眼泪鼻涕串连而下，嘶哑着道："我一个粗人，哪有当您师傅的福分，怪我有眼无珠，不识您真人神面，当初错受您一拜，今天算我谢罪，拜还您了！"说罢，竟然在地上磕头不已。

醉爷急忙把老石匠从地上扶起，眼圈也早红了，说道："一日为师，终身为父，您老待我恩重如山，若您不嫌弃，我愿一直相随，侍奉早晚，您何必要撵走徒弟呢？"

老石匠嚎啕道："您是贵人，我是罪人，做你师傅，罪过罪过，折我阳寿，天地不容，求您高抬贵手，放我苟且偷生去吧。"

醉爷听老石匠如此一嚎，心里发怔，眼前先是一片乌黑，渐渐地，那黑影淡起来，幻化成深蓝的空间，深蓝色无限地扩展开去，恍惚中，仿佛自个儿的魂儿出窍，且长出翅膀，轻悠悠地飘荡起来，随即如箭矢离弓，迅速地飞向蓝幽幽的空间，少顷，落在一处败落的小庙前，只见一位挺面熟的小和尚，肋下挟着只包裹，在夜色迷蒙中潜出庙门，慌不择路地向山外逃去……

醉爷缓缓地睁开眼睛，刚才的幻觉已经散去，他的视线落在仍然嚎啕不已的老石匠身上，他立刻认清楚了，那位深夜遁逃的小和尚，原来是年轻时的老石匠。醉爷的心胸如被一夜大雨洗涤过的清晨的峰峦，清亮亮地溢满天地真气，几十年的故事，丝丝入扣地娴熟于心。他长叹着将老石匠扶到座位上，劝慰了师傅许多话，并将酒坛中剩余的酒悉数倒进喉咙，任那热乎乎的液体奔流到全身的经脉里……

从那天以后，醉爷终于发现了自己的特殊本领，只要喝下一定的酒，他的心儿便可进入一种特殊的状态，在那种状态下，他能够洞察他想要知道的各种事情,如打量眼面前的景物一般清清楚楚。

　　醉爷的这些本事,起初很少有人知道。老石匠知道一点,但他惧怕徒弟的异相,和徒弟分手后,他躲得远远的,早不知去向。醉爷自个儿也不明白那种特殊的感觉算怎么回事,说不准,也不敢对旁人说,怕被别人认作疯子。况且,他实在太穷了,哪里有钱买酒喝,能够演习本事的机会都没有。在没有酒喝的时候,他活脱脱是个不起眼的山里人——比一般山里人更让人瞧不起,因为在平常的状态下,他显得特别愚笨。

　　醉爷做不成石匠的徒弟了,需要另寻生路。他颠沛流离,游荡了许久,总算在离家乡百里之外的大镇上安顿下来。那镇上,有家雅号"仙人醉"的老店,名声在外,四方过往行人,凡在此镇歇脚,均要在店中盘桓,一为此店自酿的清香扑鼻的米酒,二为此店的舒适、优雅。那镇,本来依山而筑，一道青青的石板路穿镇而过，店家、居屋高低参差地散落在两侧的山坡上。"仙人醉"雄踞镇北最高处，后墙竟是筑在一块百米悬崖上。坐在酒堂里，凭窗下眺，视野开阔，又有点"高处不胜寒"的惊心动魄。崖壁上，还垂着一道不大不小、四季不竭的飞瀑，为山景添了许多生气。"仙人醉"酿酒的水，便是取自这道飞瀑。据说，此店的酒香，全仗着水好，单喝那水，也觉香气袭人。不过，取水却有些费事，必须顺着一条窄窄的石阶，下行数百级，才到达崖下的水潭，轻担下行不算太累，重担上来则既苦又险。醉爷的差事，便是到崖下担水。"仙人醉"的老板，见他吃苦肯干，人又傻乎乎的，不多言语，很是中意，醉爷渐渐地在此做长了。当然，那时候，他的名号尚不是醉爷，人人都唤他"阿剩"，那是醉爷的小名，因为他母亲怀了许多胎，只剩下他一个，叫"阿剩"真合适不过。

"阿剩"，将来会变为"醉爷"，这家百年老店恰恰又叫"仙人醉",也算有缘分了,所以他在此一干数年,自己能填饱肚子不说,逢年过节,尚能给孤苦的老母亲送点儿钱去,尽尽孝心,便很情愿长此以往,当一辈子的挑水苦力,乐不思蜀了。

尚未成为醉爷的阿剩,有一点不惹人注意却十分重要的变化,那就是脑子一天天好使起来。原先,他的记性特差,听过的话转眼就忘,所以师傅无法教他手艺。当然,他记得自己有特殊的本事,只须两杯酒下肚,便不但能把忘记的事全想起来,甚至从不知晓的事儿也可洞察纤毫。可惜,"仙人醉"店规极严,伙计不准偷喝一点酒,触犯店规,便予以开除。阿剩的前任,就是因偷饮被赶出店门,所以他从未起过喝酒的念头,自然也渐渐淡忘了自己的本事。在店中几年,未来的醉爷,却发现自己不必喝酒,也聪明许多,况且那聪明的灵性不再稍显即逝,而是在脑中牢牢驻扎下来。比方说吧,特差的记性,竟变为强人十倍的过目不忘、过耳不忘，随便什么事儿，只要稍从他身边过一下，便永不再忘。那天，店里来过一批贩山货的商人，几日后，说是在山道上遭抢了，一个个都被砍了脑袋，死得很惨。官家来查询时，店老板是一问三不知，他只管向客人收钱，哪里会费心记住客人姓甚名谁，何来何去呢？官差们把店中人一个个寻来问，问到阿剩，他不假思索，脱口而出，把那伙商人的姓名全报出来。旁人都很诧异，因为这小伙计除去送过几道菜外，与客商并无接触，如何知道得这般清楚？店主人眼睛瞪得铜钱般大，愣愣地盯住挑水伙计瞧。他肯用这位年轻人，既为他的吃苦耐劳，也为他的傻不溜丢——以免惹是生非。他想不明白，傻伙计在"仙人醉"帮工几年，怎么突然精明伶俐了呢？

醉爷自己心中也十分纳罕。好在既然变聪明了，慢慢琢磨，终于弄懂了其中的蹊跷。他每日在"仙人醉"挑水打杂，酒是喝不到的，但那浓郁的酒香却尽他嗅个够。"仙人醉"乃百年老店,那酒也酿了百年之上。据酿酒师傅说,酒店四周的山坡树木乃至半空的云气,都布满了酒的精灵,仙人醉,醉仙人,真是名副其实哩。醉爷一生的荣辱,和这个"酒"字是再也分不开了。喝不到酒,却整日浸泡在酒香酒气里,那些儿酒的精灵日夜滋润着他的肌肤与大脑,使他的灵气儿活跃起来,他便渐渐地脱胎换骨了。

　　弄懂这个道理后,醉爷开始了更加自觉的修炼。每日凌晨早起或半夜方便,于天地澄净清明之时,他便静静地演习深呼吸,任浩然之气由鼻中徐徐灌入,甜津津、香盈盈的酒味密密地布满了五脏六腑,继而,那灵气便由下往上升腾,盘旋在左右大脑,顿感轻松慧敏,恍恍然,飘飘然,超于尘世,又心明如镜,真似个醉仙人也。

　　天下过客匆匆,大千世界,谁撞着了谁,原无定数。偶然相遇，又演绎出一段故事来，唯有用"缘分"二字解释，至于缘于何时，缘在何处，是很难细究的。那些个传奇人物出现，免不了若干偶然的机遇。到他们成为民众仰视的大人物时，那点偶然便被夸张起来，说得多了，不由你不信，似乎偶然正是天意，是命运刻意地要将他造就为了不起的先生。其实，一切秘密均在于地上的凡人太多，即使是百万分之一、千万分之一的机会也总有人撞个正着。醉爷之所以成为名副其实的醉爷，既与他爹跌在酒糟堆里有关，也与他几经周折在"仙人醉"落脚谋生有关，更与另一位奇人恰巧也到了"仙人醉"密不可分。与醉爷同样具备天生的特殊本事者恐怕还有，只是没撞着醉爷一般的机会，所以不名于世。

那位奇人的姓名无从查考，甚至他的来历也模糊得很，给人的感觉，他到人世走一遭，单单为了向醉爷传授两卷抄本而已。奇人在"仙人醉"住了约半年，是位清瘦矮小的老头儿，天冷天热，外衣总是一件黑衫儿，所以镇上的孩子们管他叫黑爷，叫惯了，竟无人再去查问他真实的名姓。即使原来有人问过，见大家都这么称呼，也渐渐淡忘了他的大号，只晓得叫他黑爷了。

黑爷的谋生本事，是替有钱的大户人家看风水，选宅基或坟地。他本是北方人，不知因何原因，离乡背井，向南流浪，走一处混一方，混得艰难了，再走他乡。路过本镇时，若不是一件巧事儿，他不会耽搁许久，也许仅在"仙人醉"歇一两夜便飘然而去，那么，与醉爷也就无甚缘分可说了。

黑爷到镇上的一日，刚下完狂暴的山雨，从镇中央穿过的石板路，亮得像抹了一层油。那路被行人踩了几百年，边角的棱儿早已磨得光溜溜的，雨后，踩上去未免打滑。黑爷小小的个儿，躲在一柄大大的油纸伞下，由油亮的石板路晃晃悠悠上来。

天傍黑了，又闻到了"仙人醉"的酒香，他便加快脚步，直奔镇北最高处的酒家，将近"仙人醉"门口，大约是心急脚软，一个趔趄，突然滑了一跤，小小的个儿摔倒在硬梆梆的石板路上，一把伞儿甩向前方，一个包袱滚下几级石阶，他侧歪着跌在山道右侧，疼得爬不起来，模样儿十分狼狈。这时候，恰巧醉爷在门口清扫被暴雨打落一地的树叶，见状赶紧放下扫帚，飞奔下来，捡起伞儿与包袱，又把疼得乱哼哼的小老头儿搀扶着进了店里。

"仙人醉"的店主，既然在山间要津上做老板，样样客人都得接待，偶然来几个土匪强盗，也是难免的，都得应付，所以绝非等闲之辈。他成天周旋于各式客人之间，善模善样，笑笑哈哈，但是，五十多岁的人了，直视对方时，目中仍暗蓄逼人的锋芒，可见别有一功。据老人们说，早年，他也跑过江湖，不知因何发了点财，又因何收心归了正道，反正，也是有来历的人。他精通治疗跌打损伤之法，来住店的客人，凡有此类伤疼，经他之手，没有不治愈者，这亦是"仙人醉"远近闻名的原因之一。店主的本事，想必是当年跑江湖时学会的。

小老头黑爷被醉爷搀扶进店。店主见了，赶紧吩咐送往客房休息，让伙计烧一盆烫水，自己又亲手调制一碗药酒，到客房为小老头儿治伤。摔闪了腰，对店主不算麻烦事，让老头儿饮下药酒，稍稍推拿几下，果然是妙手回春，小老头不再疼得哼哼。店主甩去额头上的汗粒，关照醉爷再用毛巾浸了烫水为客人热敷，才退出客房，招呼其他客人去了。

第二天清早，太阳刚爬上一碧如洗的山峦，小老头儿舒舒服服地醒来了，昨日的伤疼已一丝儿不见，人精精神神的，比平时还更自在。他心中暗暗称奇，随即起床，赶紧来向店主道谢。

店主沏了一壶清茶，两人坐在店堂中闲聊。开酒店的，南旅北客，三教九流，见得多了，眼光何等敏锐，早看出小个儿老头非凡夫俗子之辈，便拿话套黑爷，干些什么生意，在何处发财。主客二人正聊得投机，店门外踅进位神色萎靡的年轻人，一张脸灰灰白白，眼圈冒青，显见得夜里没好好睡觉。年轻人朝店主欠欠身，叫了声"爹"便径直往里走去。待他没了影儿，黑爷问店主道："适才是老板的大公子？"店主叹道："我这一辈，三房只此一子，可惜每日里游手好闲，不成器，真是家门不幸。"黑爷沉吟良久，拱拱手道："我们这一行，缄口是金，实不该随便说话。只是昨夜蒙老板救治，无以报恩，有些话不能不说。老板，您的公子交了桃花运，得多加小心。"店主瞧小老头一脸庄重，不由笑道："犬子喜欢拈花惹草，已是多年的事了，也怪我教子无方，管束不住他。"黑爷正襟危坐，眼中冒出两道冷气，缓缓说道："不然，老板千万不可大意。公子脸上阴煞之气过重，只怕是桃花劫缠身。此劫来势凶猛，或许躲不过今明两天。"店主见黑爷郑重其事劝诫，不由犯了疑心。他本是江湖出身，对看相算命之学，宁可信其真，不敢疑其假。方才闲聊，已知黑爷乃走南闯北的风水先生，谈吐之中，露出超凡脱俗的飘然之气，知他是个中高手，不得不敬。能看风水者，比一般算命者高出一筹，这黑爷更不一般，诚意点拨，店主哪里敢怠慢？店主急忙起身，恭恭敬敬拱手行礼，歉然道："先生高人，降临敝处，实乃家门大幸。请念在一脉单传上，再指点一二，犬子如何躲得过眼前的劫难？"黑爷伸出食指点在太阳穴上，闭目凝神静思，约半个时辰，方才睁开眼来，长叹一气道："你救我，我救你，亦是缘分。罢罢罢，我指你一条路。救命之物已在贵店之中。你选店中佳酿一坛，遣人强行灌入公子口内，让他睡上三天三夜，便可安然避劫消灾。"店主迷惑不解地问："犬子好酒量，豪饮终日不醉，一坛酒哪里能让他睡几天?"黑爷笑道:"这却不难,贵店有位伙计,便是昨夜服侍我的那位阿剩,颇有来历,似有酒仙之气。待贵公子喝下佳酿,再由阿剩含一口酒,喷于贵公子脸上,即便是杜康太白之传人,也会长醉不醒了。"店主听得将信将疑,又不敢违背,只好把阿剩唤来,一五一十地吩咐了,让他照黑爷的关照去做。没想到,这一招果然灵验,店主的独养儿子在屋里死睡了几宿。之后,便传来消息,这位花花公子勾引了附近山大王养的女人,被山大王发觉了,埋伏下杀手,要在他去偷情宿夜时废了他。黑爷的点拨,让年轻人免除此劫。店主人赶紧四处打点,化敌为友,让山大王高抬贵手,饶了这位不知天高地厚的公子。

山间小镇,民风淳厚,乡里一家,什么事儿也瞒不了众人。一传十,十传百,都说"仙人醉"来了位半神仙,能知过去未来,能为人祈福除灾。于是,凡家中有近忧远虑者,纷纷上门求助黑爷,渐渐地，几十里之外的有钱人也赶来讨教，一时间，"仙人醉"的门槛都快被踏断了。黑爷再三分辩，说自己是风水先生，只懂选宅基看坟地，并不精于卜卦算命。众人如何肯依，有的竟至长跪不起，非要神仙指点一番方肯离去。黑爷拗不过固执的山里人，且又感于山里人的诚意——来求助者都带有山珍奇禽孝敬——只得遵命行事，当起看相算命之徒，并且十拿九准，真是神了。这一来，黑爷脱身不得，在"仙人醉"一住半年。店主人殷勤服侍，日日好酒好菜招待，既为了感谢黑爷救儿之恩，也为了报答黑爷给店里招来那么多的客人。

黑爷的神话，又附带提携了另一位奇人，既然黑爷说阿剩有来历，有酒仙之气，他喷一口酒到店主儿子脸上，能让年轻人安睡不起，也不由人不啧啧称奇。于是，醉爷终于崭露头角，让人刮目相看，连一直把他当苦力使唤的店主，也存了敬畏之心，不再命他每日挑水打杂，把他安排在店堂中招呼客人。当然，也许店主人有生意上的精明之处。来店里的客人，见黑爷见醉爷，都是一桩乐事，"仙人醉"生意越来越兴隆了。

醉爷是个通晓事理的明白人：在家孝顺老母，出外敬重师傅。黑爷抬举他，给他脸面，把他由一位人人使唤的听差，造就为众人不敢漠视的人物，他自然对黑爷感激涕零，把黑爷当作自己的老爹一般，早晨送毛巾茶水，夜里端脚盆便壶，山间有何奇特的野味佳肴，他都会想方设法弄了来，供小老头儿品尝。

如此一来，黑爷既得四方供奉，又有位如儿子般孝敬、体贴的侍者，日子过得挺舒服，顿顿清茶仙酒，人也滋润了，身上的肉在黑衣衫儿下撑起来，明显地有些发福。没了原先长期流浪的窘困之色，小老头儿该怡然自得、乐而忘返了吧？

其实不然，细心的醉爷发现，黑爷另有烦人的心事，于无人觉察之时，甚而有些心烦意乱。照理说，醉爷此时已非一般凡人，他自有一功，也可用自个儿的本领推测黑爷的心事。不过，醉爷没那么做，他自有为人准则，黑爷于他，形同师长，当小辈的，偷窥长者隐私，不甚道德，他只是尽心侍奉，让黑爷过得舒坦，黑爷自然也看重他。

一日夜里，醉爷估计黑爷要睡了，便进他屋去，想为他收拾一下被褥，准备一盆洗脚水。推门进屋，却见黑爷歪在床沿，似睡非睡，醉眼蒙眬，一脸倦色，郁郁寡欢的模样。

醉爷小心翼翼地收拢桌上的残菜碎骨，又泡了杯浓浓的茶，端到黑爷面前，双手捧上，恭恭敬敬地说："您老喝点茶，早些歇息了吧。"

黑爷缓缓睁开双目，接过茶杯，抿了一口，淡淡地说："多喝了两杯，没啥没啥。"他眼一斜，瞥见桌上的小酒坛，便将身子从床上挣扎起来，拎起坛子，又往碗里倒酒。醉爷见他有点失态，想拦住他，劝说道："您老喝多了，伤身子骨，还是早些睡吧。"黑爷哪里肯听，咕嘟咕嘟将碗灌满，又从边上拉过只空碗，再倒满了，招呼醉爷道："来，来，难得有缘，也难为你孝顺，今儿夜里，陪我喝个痛快。"

醉爷拗不过老人，只得在床对面的方凳上坐下，陪老头儿饮酒。又两碗酒下肚，黑爷灰白的脸上，露出点青青的光来，两颗眼珠，则红红的，有点儿吓人。带血的眼睛，直愣愣地瞅住醉爷，不像替人算命的先生，倒像刚在赌桌上输光了本的赌鬼。醉爷倒也不慌，他早料定老人有难言的心事。人在凡世中，怎能无烦事？醉爷不去猜，只管慢慢品酒。那甜润润的酒儿由喉咙口下去，浑身的精神全提上来了。

老头儿说："咱爷儿俩一场，也算天造地就。我天南地北跑得多了，像你这般有灵性、有造化的后生还是头一回撞着。"

醉爷谦卑地说:"全仗您老人家栽培。我本是粗人一个,您仙游此地,我沾光了,才算有了脸面。"

老头儿红红的眼睛中,射出刀刺一般的光来,在醉爷的身上闪动,并道:"罢罢罢,咱们是真人面前莫说假话,我第一天见你,便知道你是有来历的。我不想盘问你的来历,也不想点穿你的来历。世上的事儿,虽免不了有些神神秘秘之处,但要说穿了,也就是青菜萝卜一碟,无甚稀奇。便说我吧,有些儿奇门异术,这一方乡亲父老唤我半仙,我也认了,但自个儿到底有多少分量,掂量得清,终究未脱凡人俗务,如何沾得上仙人的边?倒是你小子天分甚高,颇可造就。念你日日孝顺服侍,想把我平生所学,传授于你,不知你意下如何?"

醉爷饮酒下肚,全身增添了许多灵气,听黑爷一说,欣喜万分,起身便跪,"拜您老人家为师,是小子的福气。"

黑爷嘿嘿笑道:"起来吧,咱们师徒,不必有那些穷讲究,行什么大礼呀?"待醉爷起身落座,黑爷又道:"学我的本事,其实不难,我身边有抄本两卷,你细细读去,用心揣摩,日久自然心领神会。"

醉爷为难道:"我是穷人家的孩子,自幼失学,认不得字,怎能读懂您老的抄本?"

黑爷道:"你如此有灵性,识几个字易如反掌,从今日起,我每日教你五十个字,一个月下来,你便成个读书人了。"

醉爷听了,欢喜得给老人斟满了酒,自己也端碗齐眉,敬谢师傅的苦心栽培。

黑爷喝光碗中的酒,却并不高兴,长叹一声,脸上又现出颓然之色,幽幽地道:"做凡人苦,想做不凡之人亦苦,这个道理,你先记牢了。平常人会遇平常劫,不平常人自有不平常劫。我能解他人之劫,却无法解自身之劫。我看你日后也有大劫,那时,为师的已管不了你,只能靠你好自为之了。"

醉爷听着,心里格棱一下,胸中顿时弥漫开浓浓的雾气,沧桑之感油然而生。师傅那般高人,尚会感叹命运无常,何况自己乎?他猛喝了一大口酒,愈感飘飘然的灵气在体内涌动,人间的事理,明明白白,如日月行天,如经纬分明;糊涂的,只有自己,由何而来,向何而去,祸福凶吉,竟一无所知。这便是人生的悲剧了!醉爷又想:"不去管他,既然来这世上走一趟,能自在时且自在,顺其自然吧。"他仰面朝天,把碗中的酒饮得一干二净。

个把月飞一般地过去了。醉爷似有神助,果然已能断文识字,令他不胜欢喜。师傅黑爷,好比教书先生,只教他识字,闭口不谈别的,既不讲阴阳八卦,也不说天文地理,那两卷抄本,亦不见提起。醉爷心里未免痒痒的，即使现在尚不到传授的时候，能略睹尊容，也是好的呀。然而，醉爷不敢开口相问，他见师傅的心事日益加重，脸整日阴沉沉的，不见一丝笑容。醉爷想到师傅的话，"我能解他人之劫，却无法解自身之劫。"不由得为师傅担忧，不知师傅将有何劫临身。

一日，"仙人醉"又来了一位风尘仆仆的北方客，和黑爷一般的精瘦干练，只是不穿黑衣儿，身上着的是灰布衫。进了店门，北方客连茶也不喝，急不可耐地要找黑爷。醉爷正在店堂中招呼客人，见状，赶紧把来人往黑爷房中引。

那人进了黑爷的房间，黑爷关照徒弟拿了些酒菜，然后就把房门紧闭了，同时让醉爷挡客，今儿任谁也不见了。黑爷与客人有谈不完的秘密似的，这门一关，便不见打开。天黑了，醉爷去敲门，问师傅还要些什么。黑爷在屋里醉意蒙眬地说，只需添些酒菜，别的啥也不要了。醉爷端酒菜去时，黑爷堵在门口,不让徒儿进去。屋里弥漫着浓密的烟气,模模糊糊的,啥也看不清,看样子,那北方客已抽了一天的旱烟了。

第二天清晨,天蒙蒙亮,山道上还飘忽着昨夜的薄雾,神秘的北方客便离去了,那时,醉爷正在店堂里喝茶,见到了那张熬夜而发青的脸,煞是难看。

醉爷转身上楼,到师傅房里,满桌满地狼藉着肉骨鸡爪,酒坛歪倒着,喝剩的酒还在一滴一滴地往下掉,黑爷则蜷缩在床角,可怜巴巴的,像一个刚遭人打骂过的小伙计。

醉爷不敢多话,只悄悄地收拾屋内的垃圾,把东西都收拾干净了,才给师傅脱去鞋子,掀开被子,想让黑爷好好睡一会儿。此时,黑爷却睁开眼来,眼里布满了血丝,眼瞳灰灰暗暗,全没了平时为人占卦算命时的精神。看着,令醉爷煞是心痛。

黑爷开口问道:"你不觉得我有点古怪吗?"

醉爷瞅瞅师傅的模样，小心翼翼地说："徒弟不敢。"

黑爷笑得凄凉，"你大可不必对我如此孝敬。我气数已尽。"他一阵猛咳后，幽幽地道，"不必瞒你，昨天来找我的，是我的兄弟，我们一族数十口，让人杀光了，只剩我们兄弟两人，仇家还不肯罢手，派人四处追寻我们的踪迹，一心要斩尽杀绝。"

醉爷听了，大惊失色，问道："师傅，您为人豁达磊落，哪里会结下恁大的仇家？"

黑爷愣了片刻，颓然道："所谓聪明一世，糊涂一时，一步踏错，悔之晚矣。"俄顷，他睁大了双目，看定徒弟道："江湖道上，处处险恶，你今后独自行走，千万小心，步步踩正，莫受左右诱惑，别像师傅一般，弄得无处安身，苦不堪言。"他见醉爷依旧一副迷惑不解的神色，扬扬手道："罢罢罢，无须我多说，日后你自会明白。你去前山庙里，把我寄放在老和尚处的包裹取来。让我一个人静静，睡一会儿。"说着，递过块木牌来，是庙里和尚为施主写姓名的那种供奉牌，告诉醉爷，凭此牌即可向老和尚取他存放的物件。

醉爷不敢多言，取了木牌，即翻山越岭为师傅办事去。这山上的路，看着近，走起来却远，听得人语声，半日不见人，说是前山，手一指便是，真走走，沟沟坎坎地下去，再坑坑洼洼地上来，却着实够呛。醉爷出发时是清晨，在老和尚手里接过小包裹，因为惦记着师傅，连水都不敢坐定了喝，又急急地往回赶，回到"仙人醉"时，天色已全然黑了，这时候，一个惊人的消息已不胫而走，不但吓着了"仙人醉"里的各色人等，而且让整个镇子为之沸沸扬扬：被山里人尊为"半仙"的黑爷毫无道理地失踪了！

事情很简单。醉爷离开后约半个时辰，黑爷也离开了"仙人醉",他在山道上溜达,与他照面的山里人,恭恭敬敬地为他让路,问他早上好,他只绷着脸点点头。他慢慢向峰顶走去,最后见到他的,是一位砍柴的少年人。少年见黑爷在悬崖前席地而坐,面对山间弥漫的云雾寂然不动,似在参禅打坐。少年知道这位黑爷是半仙,如何敢惊动他,便将自己打柴的地方往下挪了几十米。快到中午时,少年人干活已毕,见黑爷那儿尚无动静,踅上来一瞧,悬崖前空荡荡的,已没有黑爷的踪影。少年人惊诧不已,那上下的小路只有一条,黑爷若下山,必然从少年面前经过,莫非半仙会腾云驾雾不成?吃午饭时,"仙人醉"的伙计满镇上寻黑爷,唤他回去用餐,却怎么也找不到。砍柴的少年讲了他所见到的黑爷的踪迹,却令镇上的老人们惊讶起来。黑爷打坐的悬崖,是传说中的仙家福地,得道的高僧到了该离开俗世之日,若从此处往云雾里纵身一跃,便可投往仙境佛界,难道黑爷也到了走这条路的时候了吗？"仙人醉"的店主，更想到了一个预兆，某次饮酒，醉眼蒙眬之后，黑爷曾迷迷糊糊地说："若想离开浊世，此地倒是绝妙所在，那仙家福地，虽为得道高僧而备，凡人涉足，自然也妙不可言。"那时候，"仙人醉"的店主以为此乃风水先生的戏言，没往心里去，如今回想起来，为人寻了一辈子风水宝地的黑爷，竟认准了要在这儿长眠不起。

在醉爷回来之前，店主已带了伙计去悬崖前勘察过。悬崖旁，没留下丝毫痕迹；悬崖下，则云海茫茫，白浪滔滔，一切均隐匿在虚无缥缈之中。即使在天气清朗之时，这悬崖下也总有云遮雾罩，到底有几百几千丈深，谁也说不清楚。正因为无人下得去，没法探得明，此处才变得神秘莫测，引来高僧脱凡投仙。若一眼便可看明白，那高僧跳将下去，摔得七歪八扭的肉身让凡夫俗子看见，岂不大煞风景？

镇上的人，都猜不透黑爷的心事，不知道他为何匆匆离开人世，其中奥秘，唯有醉爷心中了然。那天夜里，醉爷在黑爷殉身的悬崖旁伫立了许久。浩荡的山风在天地间呼啸，万千生物均在浓厚的夜色中消失，醉爷倾听着什么，听得出神入化。他手里捧着从老和尚处取回的小包裹，里面是两卷厚厚的抄本，这是师傅应允传给他的。师傅离开人世前，细心地作了安排，让抄本丝毫不损地落在他手上，他感受到手中之物沉甸甸的分量——师傅的生命，以这种形式在他身上延续。在呼啸的山风中，仿佛夹杂着师傅喑哑的嗓音，醉爷觉得有一种神奇的力量钻入他的肌肤，浸淫开来，全身血脉热腾腾地烧着。

黑爷在镇上消失不久，醉爷也离开了栖身之处"仙人醉"。黑爷留下的抄本中，有这样的话，"真人不露面，露面不留身。"那意思是有本事者以隐形避世为好，一旦显山露水，为安全计，趁早远走高飞。

凭醉爷现在的功力，无须用心去算，黑爷的身世瓜葛，早已了如指掌。师傅的命运，令醉爷感叹不已，师傅去世前的那番独白"聪明一世，糊涂一时，一步踏错，悔之晚矣"，确实字字催人泪下。黑爷在北方老家一带，名声极大，凡有点权势财产者，少有不求教于他这位风水先生的，无非想多沾些天地灵气，让香火旺盛，子孙发达。黑爷自己的家族，沾了他的光，日子过得不赖，也便不足为奇。

如此的闻达，也就带来了祸害。那一方，有一族李姓豪富，多次派人下帖，请黑爷上门去指点一二。黑爷再三估量，嫌那李家暴戾之气过重，怕沾上了于己不利，也就想方设法婉言谢绝。李家颇有耐心，不恼亦不用强，瞅准黑爷嫁女儿的机会，送来了重礼。黑爷平生最疼爱的，只有女儿一个，李家是捅到了腰眼上,不由黑爷不心动。俗话说,吃人嘴软,拿人手短,在女儿大喜日子里,黑爷心里高兴,也就去了李家一趟,作为酬谢,指点李家把家门前的小南岭炸低几尺,说此岭过高,压了李家的飞黄腾达。说来也巧,此后李家果然兴旺发达,富得冒油不说,家里还出了当官的、带兵的;与此同时,李家往南百里之遥的林姓家族却遭殃败家起来,好端端的一个大家族一两年中就败落下去,还惹恼了官家,剩余的家产被悉数查抄没收,几十口人,走的走,嫁的嫁,作鸟兽散了。乡里百姓,把李、林两个家族的兴衰,全归结于黑爷那神秘的指点,传开了"炸南岭,毁南林"的民谚。

如果事情仅止于此,黑爷被人奉若神明,也无甚害处。然而,千算万算,不如老天一算,偏偏林家有两个子弟混不了日子,走上黑道,在一伙土匪中当上了头,这两个林家人,对家族的败落耿耿于怀,奈何不了有财有势的李家,便将一股恶气全冲黑爷喷来，说是要取了黑爷的脑袋，为家族复仇。黑爷纵然有神机妙算的本事，又如何抵挡得住土匪的黑枪？为躲开杀身之祸，只有远走他乡一条道路。林家子弟却不肯善罢甘休，索性对黑爷家人大开杀戒，还派人四处追踪黑爷，意图赶尽杀绝。心如死灰的黑爷，在把醉爷作为传人后，自寻了断，是这位风水先生为自己作的明智选择。

体验到师傅的生命将在自个儿身上延续之后，醉爷发现了从未有过的自信与力量，他要出山闯荡，他要去走师傅没走完的孤独的道路。他悄然上路了，包袱中，有师傅的两卷抄本。那抄本源于何年，由何人所传所抄，已无法查考，那是无数人智慧与心血的结晶，是在神秘的迷宫探险的一代代先行者的足迹，现在，全部融汇在醉爷的胸怀之中。

在这以后的数年中，醉爷走南闯北，足迹所到之处，留下一连串近似神话的传说。也许是他确实具备令人难以置信的本事,也许是民间演义添油加醋的作用,在百姓眼中,他竟变为无所不知、无所不能的活神仙。且辑录几个故事,看看他已演变为何等模样。

其一曰,他不论走到何处,手中始终不离一把紫砂壶,那壶不泡茶,总灌满了酒,走哪喝哪;谁向他求教,第一件事,便是得向他的壶中斟酒;白酒黄酒洋酒土酒,来者不拒,统统都可向那壶内灌入;那壶不大不小,顶多盛半斤酒,却从不见酒满溢出;来孝敬的人,哪怕拎上一大坛酒,也只管倒下去,不用担心盛不下。同样,小小的壶,醉爷从天亮喝到天黑,即便当日无人前来孝敬献酒,也不见喝干过,正应了"壶中乾坤大"的那句老话。醉爷不停地喝壶中的浑酒,醉意阑珊,只是丝毫不糊涂,心如明镜,随口地答问,常让登门求教者心满意足而去。当然,也有醉爷不愿或不屑回答的问题,他便双目紧闭,大打呼噜,任你放炮打枪,他也绝不会醒过来。

其二曰，醉爷有一绝招，轻易不用，一旦使出，定让人瞠目结舌，佩服得五体投地。遇见知书达理的文化人，醉爷放下手中的酒壶，却展开一方宣纸，让对方随便写几个字，醉爷只须用眼一瞄，就能讲清对方的过去未来，有灾祸者，亦顺便指点消解的办法，让人受益匪浅。一日，醉爷在省城的画坊中见到一幅出售的字画，他呆呆地瞅了片刻，便请画坊主人转告书画家，说此先生前程无量，至今不得发达，实在是有些小小的阻碍，要化解，方法十分简单。书画家的大名中有个"少"字，落款时习惯于将"少"的末笔拖得极长，是将自个儿的好运扫荡开了。今后再行落款，那"少"字千万要蓄锋藏锐，必然会否极泰来。画坊主人对醉爷的大名早就如雷贯耳，听醉爷如此吩咐，不敢怠慢，赶紧一五一十传给书画家。那书画家本是孤傲之士，向来天马行空，自行其是，却偏偏对易经情有独钟，好卜卦算命之术，所以尽管平素不爱听街谈巷语，这回听了醉爷的话，却心中一个激灵，顿有所悟，为自己白读了数十年的易经而不懂如此浅显的道理惊出一身冷汗。从那以后，书画家泼墨走笔之后，题款时在"少"字的末笔便显得十分拘谨，再也不肯潇洒地用力甩出，只是轻轻一顿一提便罢。说也怪，自从书画家题款署名如此一变，他的鸿运竟不期而至，不但国内的高官富商以收藏他的书画为荣，且名声飞扬海外，在日本、东南亚一带也名声大噪，卖价扶摇而上，报刊评论均尊他为一代大师。书画家虽然向来以"淡泊明志"自许，但见世人如此钟爱自己的创作，也无不喜之理。内心深处，他不得不感谢醉爷泄漏天机，点拨于他。于是，便又托画坊主人来寻醉爷，说是定要当面重谢。不料，醉爷笑笑而已，一口拒绝了，说道："天意如此，谢我何来？"

其三曰，醉爷只愿在民间行走，不乐意与官家打交道，当官的来请他，他能推便推，不能推就溜，反正居无定所，来去如风，也奈何不了他。只有一次例外，他不请自到，跑到衙门里，帮着官府了清一件大案。那回，是京城一位大官的少爷在地方上被杀。有人说，那位公子哥儿天性风流，在大城市里玩腻了妓院中的女人，想换新鲜，到乡间来拈花惹草，被路见不平的血性汉子杀了；又有人说，那京城大官贪婪残暴，仇人多了，是仇家杀了他的儿子。不管原因何在，京城的大官暴跳如雷，命令县里的小官快快破案，否则，那小官的乌纱帽肯定戴不住。气急败坏的县官们，便开始不分青红皂白地乱抓人，从城里抓到乡下，稍稍有些可疑的，一概逮了去严刑拷打，一时间闹得天无宁日，处处人心惶惶。就在此刻，醉爷跑进了县衙，自告奋勇，说他能寻出凶犯。醉爷的神通广大，县里的老爷们风闻已久，见他不请自来，真是求之不得，便把破案的重任交给他，看他如何动作。醉爷稳稳当当地说，破案不难，却要依了他一个要求，就是先把所抓的各色人等一概放了。县太爷心里不乐意，但手下的谋士们说醉爷脾气怪，不依他，这案子破不了，县太爷只得下令释放所有的嫌疑犯。醉爷端着紫砂酒壶，绕着公子哥儿的死尸兜圈子，踱一步，饮一口，不慌不忙，若有所思，足足转了七圈，这才站定身子，用手指在酒壶中点了一下，然后轻轻一弹，两粒酒珠如飞弹般打向死尸的眼皮，"扑扑"作响，死尸的眼皮奇异地抖动起来，继而，吓得在场的各色人等魂飞魄散，那眼皮竟睁开来，露出了毫无生气的眼瞳。醉爷自然不怕，蹲下身，细细看死人的眼睛，仿佛可看出里面记录的秘密。数分钟后，他站起身，摇摇头，长叹道："事由色起，祸从贪来，如此而已。"他猛喝了一口酒，却不咽下，含在嘴中，用力咕噜着，转瞬之间，又如飞瀑一般喷向死尸脸面，訇然一声，僵硬的尸体竟会弯身而坐。醉爷指着尸体厉声道："何苦死不瞑目！害你者，令尊身旁妇人也，天知我亦知，你安心去罢！"醉爷吼罢，那尸体方倒下恢复原样。醉爷回顾左右，大小官爷差爷，个个面如土色，醉爷冷冷地道："诸位为证，这案子清楚了！"他回到屋里，摊开白纸，飞笔写道："公子惨遭不测，祸根本在贵府，欲查来龙去脉，且问身旁宠妾。"醉爷吩咐县太爷，派人进京将此纸呈送大官，案子便不了自了。说罢，不管县里一班人如何瞠目结舌，顾自扬长而去。醉爷的那四句话送到京城大官府中，第二日，大官的宠妾便畏罪自尽，家丑不可外扬，大官也不再追查儿子被杀之案，正应了醉爷"不了自了"之说。大官府里的丑闻，慢慢还是传了出来，原来，那公子与老爹的宠妾也有苟且之事，两人还合伙做黑道上的生意，狠狠发了笔财。公子本是拈花惹草之徒，勾搭老爹的小老婆，也是尝个新鲜，一旦腻了，便想脱身，还图谋把做生意发的财一人独吞。那位宠妾，亦是不好欺侮的角色，眼见自己将要人财两空，狠狠心，雇个杀手，乘公子到外乡闲逛时把他干掉。本以为此事做得天衣无缝，可以安心霸占那笔不义之财，谁料想，会败在一个乡巴佬手上。任何人都无法猜测，醉爷到底是依据什么破解了这个奇案，并且这样轻而易举、不费吹灰之力？正因为不可理喻，醉爷的神秘日益深不可测，在那些年月里，城里镇上的茶楼酒馆，无处不在议论醉爷的本事，说者正襟危坐，听者肃然起敬。

正当醉爷的名声如日中天时，他却突然悄悄地作了一个决定，结束云游四方的生活，回到生他养他的寡陋闭塞的山村去，再也不愿介入人世间纷杂的俗务。好在他已积存了几个钱，回到小山村，陪着上了年纪的老母亲过清苦的日子，当不成问题。

醉爷正当壮年，悄然归隐，直接的原因，竟是被桃花运缠了一回。

那日，他正在山道上行走，却被两乘飞骑一把掠去，不由分说，把他带到山寨之中。占山为王的强人们，对他客客气气地说："咱们大头领遭人暗害，知先生神人，只求先生为头领驱魔除邪，定然重金相谢。"醉爷无奈，只好随强人去头领房间，令他惊讶的，那头领竟是位俊秀的姑娘。此刻，姑娘的病正在发作，痛得死去活来，两眼发直，几乎喘不过气来。醉爷何等样的人物，稍一沉思，便诊明了姑娘的病因，并立时起了恻隐之心。姑娘的两个侍女，眼泪汪汪地瞅着醉爷，更使醉爷添了怜惜之意，他叹口气道："我既来此，也是缘分，为你们头领解除困厄就是。"他让侍女屏退闲杂人等，点起一支蜡烛，用手指在紫砂酒壶中蘸湿后，放在烛焰上烧得嗞嗞响，又唤侍女徐徐掀起头领的一截睡衣，露出白皙嫩滑的腹部，醉爷的手指在上面画了三个圈圈相套的圆，轻轻对那圆心吹口气道："好也！"说也怪，头领肚中的剧痛顿时消失，神志清醒,恢复了常态。她见自己衣衫不整,顿时脸上绯红,竟一个翻身下地,往里屋遁去,哪是个强人头领,倒像是良家闺秀。

侍女们代头领大谢醉爷救命之恩。说另一座山寨上的土匪头儿想吞并他们的山头,还要娶他们的头领做老婆,便派人暗下了毒药。此毒三日发作一次,二十一日后剧毒将置人死地,若想得解毒之药,必须投降。假使没有醉爷援手,如何结局,真难想象,侍女们说着,仍是心有余悸、战战兢兢。

醉爷似听非听,只淡淡地笑着,便要告辞。不料,来容易,走却不易。强人们设宴谢恩,大宴小宴,从早到晚,知道醉爷好饮,把能搜罗到的美酒悉数寻了来孝敬他。醉爷醉得一塌糊涂,心里却一清如洗,知道强人们不想让他走,更令他心惊肉跳的是,女头领竟莫名其妙地相中了他,要与他结百年之好。从心底说,醉爷并不讨厌这位姑娘,知道她步入匪道,亦是恶势力逼迫的结果。然而,醉爷已深明"色空"之学,哪肯轻入红尘?他佯醉,趁人不注意,溜之大吉。

一个月后,醉爷路过某镇,刚要宿下,旅店外惊喊声大作,说是土匪包围了镇子。这批土匪十分奇特,并不杀人抢掠,只把镇子围得铁桶一般。接着,有人骑马在镇上高喊着发布安民告示,说今日来此绝不惊扰乡邻,只是借这块宝地为头领办喜事。镇上人丈二和尚摸不着头脑时,两位侍女拥着盛装打扮的女头领已拥进了醉爷的卧房,随后,侍女退出,紧闭房门,只留下一位娇美的姑娘面对醉爷。

醉爷心中暗暗叫苦。他既为女头领穷追不舍之情感动,又为这请君入瓮的计谋为难。女头领甚是豪爽,脉脉含情地盯着醉爷道:"先生救我之时,将我心收了去,让我无可解脱。不怕冒犯,求先生再救我一回,我一定终身相报相随。"醉爷摇摇头道:"我实难受此盛情。我们道不同,难以相合。"女头领执拗地说:"我不懂那许多,此刻,这世界上我要的,只先生一人,别的尽可放弃,全听先生吩咐便是。"

醉爷知道无法劝解姑娘的痴情。他心想,四周围得铁桶一般,逃是逃不脱的,在屋里同关一夜,满镇上都知姑娘与自己的婚事,哪里还说得清楚?他实在无奈,只得取过两只小酒杯,用紫砂酒壶斟满了,邀姑娘对饮。女头领以为他回心转意,便柔情万千地和他对饮了一杯。谁料,此酒下肚,女头领的魂儿便出了窍,身不由己地唤开房门,让侍女牵来两匹马,让醉爷和自己各骑一匹,飞奔而去。强人们以为头领和醉爷骑马散心,谁敢阻拦。姑娘把醉爷送出镇外,任他而去,自个儿折回房中,关门倒头便睡,睡至第二日正午才醒过来,恢复了神志,明白昨日的傻相后,不由号啕大哭。

那女头领心灰意冷,万念俱灰,悄悄离开山寨,据说,躲到什么庵里当尼姑去了。醉爷得知,即便超然如许,心中也自不好受。此事令醉爷感到一种深入骨髓的疲倦。也许是在贫困的山道上走得过久了,也许是看到了人间过多的灰暗,他开始常常想到师傅黑爷的人生历程,想到师傅留给他的种种教诲。黑爷说过,"平常人会遇平常劫,不平常人自有不平常劫。我能解他人之劫,却无法解自身之劫。"黑爷辞别人世之前,又无限感慨地说过,"聪明一世,糊涂一时,一步踏错,悔之晚矣。""江湖道上处处险恶,你今后独自行走,千万小心,步步踩正,莫受左右诱惑……"这些话语,如针芒在背,令醉爷春风得意之时亦不敢忘乎所以。他本想离开喧闹繁杂的市镇,回归群山环绕间的故乡,本意是求一份安宁,在乱世中冷眼旁观,不搅入是是非非,明哲保身,不求闻达。这种思维,与历代隐士高僧,实在是如出一辙。可惜,已经出了名的醉爷,连这点权利也被剥夺了。他想避世,这凡人俗界却不肯放手,非把他从青山绿水间拉出来不可。

那时候，正是到处都在打仗的日子。有枪便是草头王。今天甲军蝗虫般地拥过去，占城掠镇；明天乙兵又蚂蚁般地杀过来，烧房杀人。反正老百姓的命不值钱，只要有点儿军粮，就有人肯披上灰皮，扛起长枪去拼命，杀得天昏地暗、血流成河，只须几铲黄土覆盖，一场大雨冲洗，便无人再记得那些已化为泥土的生命。

出了个号称"魔王"的军阀。此人经数年厮杀征掠，竟然集聚起不少兵马，自吹有三十万大军，把方圆数百里地盘牢牢地占了下来。"魔王"读书不多，野心甚高，并不以当个地方诸侯为满足，雄心勃勃地还想朝大地方发展。为此，他学着历代开国皇帝的模样，以礼贤下士为荣，网罗了数位读书人作幕僚，其中有一位最得他器重，被封为军师。军师自然须效忠王爷，日日献计献策，如何征税，如何强兵，如何治理刁民，如何吞并他人，哄得那

"魔王"得意非凡，不由对军师言听计从。一日，"魔王"与军师同饮早茶，军师眉头一皱，又献上计来，说昔日梁山泊聚义，宋江手下，不但有智多星吴用运筹帷幄，且有公孙胜调动鬼神，再加上将猛兵勇，所以成就了万世流传的大业。军师的意思，"魔王"现在已有吴用（当然是军师本人），兵将也不少，独缺入云龙公孙胜，无人呼风唤雨，难与天界地府联络，要成就霸业有许多不便。听他如此一说，"魔王"虽然连连点头，脸色却不太好看。尽管读书不多，《水浒》的故事是听熟的，那公孙胜是半道半仙的人物，一时间哪里去召募来？军师赶紧又道，也许老天有意成全，在我们地界上，正出了个这样的人物。于是，他把醉爷如何如何，照搬民间传说，还添了些文学加工，听得"魔王"瞪大双眼，惊讶得半天没回过神来。

"魔王"猛地擂下桌子，奶奶的，吉人自有天相，正想着寻公孙胜，便冒出个醉半仙，天下早晚得全归到我的名下。"魔王"立时决策,让军师带几个人去大山深处寻访半仙,厚礼延聘,一定得把他请出山来。

因此,悄然归隐的醉爷不得太平了,他突然面临生死攸关的抉择。

这位军师,年龄不大,才三十上下,本是财主家的少爷,从小读私塾,尤其偏爱野史闲书,对历代的兴盛败亡,如数家珍。少年时,意气风发,也做过济世治国之梦。遗憾的是,老爹不争气,吃喝嫖赌,把个好端端的殷实户淘空了。少爷为糊口谋生,只得放下架子,在镇上的店铺里做账房,渐渐消蚀了书生春梦,只剩下见风使舵、攀龙附凤的狡黠。待落到"魔王"幕府,活得像个人样儿了,如何不感激涕零?他诚惶诚恐地辅佐"魔王",只望霸业有成,自己终生有靠,还可博个张良、诸葛之名,留垂青史。

这样想着,他带了几名随从,爬山越岭,累得浑身臭汗,去寻访醉爷,并不叫苦。他认定,寻得这位神人,对"魔王"的霸业如猛虎添翼也。

他们在狂风暴雨之夜到达目的地。山里的雨夜,一副狰狞的嘴脸,天黑得像大墨盘,沉甸甸地压将下来;远远近近的山岭上,被劲风摇撼着的树林黑黢黢地翻动,似群妖狂舞;暴烈的雨抽打着狼狈不堪的行人,透过薄薄的衣衫,如被鞭子抽击的刺痛在皮肉上翻滚。军师认为这是老天在考验自己的心意,便用"天将降大任于斯人也"之类的古训来勉励自个儿,带领几位泥猴般的部下,跌跌撞撞地闯进了小小的山村,在好奇的乡民的指点下,方便地找到了醉爷居住的小楼。

看样子,醉爷回乡时带了一小笔财富,竟造出一幢颇像样的房屋供母亲和自己居住,那房子不大,也就三间模样,但筑得厚厚实实,在风雨的袭击中岿然不动,比起村中的其他破屋,显得气派多了。

落汤鸡一样的军师，临敲门前，还记得自己是奉命前来三顾茅庐的，所以把湿烂的衣服拉拉正，意图遮掩一下狼狈模样。待把门敲开，他才意识到不必如此小心翼翼，房子里，只有一位掉光了牙齿的老太婆，麻木而慌张地望着这群不速之客。老太婆自然是醉爷的娘——可是，这般傻呆的老妇人，养得出传说中如神似仙的醉爷么？简直无法想象。

军师和老太婆的交谈，十分吃力，问了好长时辰，才知道她的儿子今儿一早便离家远去，临走还说，若有客人远道来访，请客人不必候他，免得白费时间。军师听罢，大惊失色。这么说，醉爷竟然早就算出他们的来访，并提前避开了。这样无礼，虽然令人气恼，但恰恰证明醉爷绝对不是凡人，神机妙算，不在话下。

在这样的雨夜，在这般荒凉的山村，面对一位说话都含混不清的老太婆，又累又饿、全身水淋淋的军师无计可施，也就不由分说地强行在醉爷家住下来，自个儿烧火煮水打地铺，吓得手足无措的老太婆躲进里间屋里，隔着门哆哆嗦嗦地倾听外屋动静，捱过一夜。

这是个与世隔绝的贫困山村，乡民们吃的是山坡上的粗粮，逮点儿野禽便算桌上的美食，因为很少涉足山外的花花世界，竟也过得乐陶陶的。军师与他的随从却苦了，头一两天还罢，待到第五天，没有肥油下去的肠胃便以泛酸来抗议，舌头更是馋得在口腔中打转转，更没有什么玩乐能打发无聊的时间，有人曾悄悄窜到某处破屋中调笑山里人的老婆，军师怕误了大事，急忙严令禁止。

这场守株待兔的游戏没法再玩下去。军师不笨，细想之后明白，醉爷既然抽身躲开，绝无再回来撞网的道理。然而，不捕获这条土生土长的入云龙，军师如何归去复命呢？冥思苦想许久，军师终于记起《三国演义》中曹操诱降徐庶的故事。那徐庶本是孝子,曹操把他的母亲擒去,便不愁他不来归顺。军师眼前霎时万丈光明,主意已定,不再犹豫,吩咐手下随从去寻人制一副简易抬轿,再用大洋雇两个壮汉当轿夫,自己则挥笔给醉爷留下一信。

仙公醉翁台鉴:

  我等奉命入山,诚意邀仙公出山一游,并无他意,只为求教治国平天下之策。殊料仙公另有去处,我等久候不见,难以复命。百般无奈,先邀令堂同去,当小心服侍,不敢怠慢。仙公得暇,望移步前来一会,万幸也……

如此这般,最后署了军师的名字。虽然满纸谦恭之语,但已暗伏威胁,假使醉爷坚决不露面,他将会一直把老太太"服侍"下去,让醉爷不得不权衡利弊得失。

醉爷没有走远,他带着一位同族的小侄子住在另一座山上。他不肯与这批来访者相见,除去已决心退出人世纷争外,还有另一层原因,是从心底厌恶那位杀人如麻的"魔王",如何肯与军师一类的走狗同流合污,去做为虎作伥的事情?

小侄子回家探听消息,心急火燎地奔来报告消息,说那帮人临走把老太太带走了,还留下一封信,说着,把军师的信递给醉爷看。

醉爷接过信,不去看,只抬手一扬,任那纸飘进柴火熊熊的灶膛,转瞬之间,烧成了纸灰。醉爷毫不动怒,只淡淡地说:"本想井水不犯河水,他干他的霸业,我当我的山人,他却偏要逼人过甚。"醉爷缓缓昂起头来,长叹道:"天意如此,有劫难免,狭路相逢,无处可让也。"

小侄子见他不急,大为不解,"想法子救救老奶奶呀,落在那帮人手里,老奶奶要遭罪哩!"

小侄子才十四岁，天资聪慧，醉爷颇有收他为徒之意，只顾忌他年龄尚小，怕损了他的寿，也就不着急，仅把他带在身边解解闷。醉爷慈爱地瞅着少不更事的侄子，笑道："不慌，老奶奶不碍事，贼人们不敢麻缠她。你去给我找坛酒来，让我喝着，慢慢想办法。"

小侄子知道大伯的本事，酒喝得越多越见功夫，便急忙找了坛自酿的酒出来，又把大伯神奇的紫砂壶搁在桌上，放了盘花生米作下酒菜，自个儿乖巧地退出屋去。

这一夜，醉爷屋里的油灯没有熄灭。第二天清晨，小侄子一早起床来侍候，见醉爷脸红红地踱出屋来，神色冷峻，双眼炯炯，闪出生铁似的寒光，令小侄子心中一凛。

醉爷道："愿不愿随我去山外一趟？"

小侄子父母早亡，孤苦无依，自从跟随这位同族的大伯，才体会到人生的滋味，他朗声道："您走哪,我跟到哪。"

一大一小二人,跋涉数天,进到城里,找处客栈安顿好,醉爷便派人送帖子给那位自命不凡的军师,约他出来见面。军师知道醉爷出山,大喜过望,急吼吼地赶来,万分热情地邀请醉爷去"魔王"府。醉爷脸一沉道:"既有诚意,如何欺人?扣我母亲,是甚道理?"军师悻悻地道:"不敢,不敢,对令堂大人,晚辈敬若贵宾,您到府上一瞧,自然明白。"醉爷不为所动,板着脸说:"不放我母亲出来,一切免谈。"军师的眼珠骨碌碌地转着,心里反复掂量:惹恼了这位半仙,误了大事,"魔王"那儿不好交代。反正醉爷既然已到城里,谅他也不会插翅飞去,且先成全他,使他安下心来。于是,军师笑脸致歉道:"晚辈求见仙公心切,一时冒犯,万望见谅,现在立刻将令堂大人送来,以见心诚。"

醉爷见母亲到了客栈,慰问一番,安排母亲歇下，召了小侄子来商量事情。他关照小侄子，待他离去后，立刻陪老太太出走，到哪里哪里，寻何人何人，说他已定下居舍，让小侄子陪老太太在那儿避乱安身。说罢，递过一只包袱去，说里面的钱币，供生活之用，两卷抄本，是送给他的，日后慢慢细读，自有心得。

聪明的小侄子，敏感到大伯是与自己长别，不由惊慌地问："大伯，您跟那帮人去，有危险么？我们一块逃吧！"

醉爷苦笑道："城里都是他们的人，如何逃得？你放心，我自有道理，你只管陪伴老奶奶就是。"

说罢，醉爷起身，端起那把寸步不离的紫砂壶，喝了口酒，大步出门，睁圆了眼道："走哪，还呆着干什么？"军师见醉爷这么爽气，手一挥，撤了包围着客栈的兵们，簇拥着醉爷向"魔王"府而去。

"魔王"府里的事情，外人不得而知，据后来传出的消息，那天晚上，府中设宴，请来各路将领，庆贺"魔王"得了高人。醉爷任由众人哄闹，不作一声，只闷头饮酒，把那紫砂壶中的液体一个劲地往喉咙中灌去。武将们知道他海量，又知道他的生命之源是酒，只能任由他去。待醉爷终于饮得醉醺醺之后，"魔王"在军师的示意下，亲自捧了一坛陈年佳酿，敬献到醉爷面前，同时小心翼翼地请教治国平天下之计。"魔王"道："我已遵从军师之计，下令三丁抽一，定要集起百万大军。请问先生，我将马到功成，成一代大业么？"醉爷听得此话，心里恨恨的，没抬眼，含混地嘟囔道："治天下者，先求天封。"军师听罢心中大喜，赶紧凑上去求教，如何才能获得天的册封。醉爷依旧含混地嘟囔："欲求天封，必得祭天。""魔王"与军师相视而笑，请来的醉爷果然是得道高人，一语道破天机。但是，当他们进一步讨教该到何地祭天时，醉爷的回答却使他们泄气，醉爷说，自古最好的祭天处，当推泰山，可是，这泰山在另一位手握重兵的军阀的地盘上，如何去祭天呢？难道把自己往火坑里推、砧板上放吗？军师苦苦恳求醉爷，能否另择佳处祭天，醉爷却不再回答，醉眼蒙眬，呼呼酣睡起来。

这个难题，苦得"魔王"与军师一夜不能安睡。第二天一早，见醉爷酒醒，又诚惶诚恐地来求教，能否在自个儿的地盘上寻好地方祭天？醉爷被逼得没法子，沉吟许久，才道："找地方不难，但是，终究缺少泰山的灵气，祭起天来，可就费时费力多了。""魔王"道："只要祭天成功，花什么代价都行。"醉爷吩咐找来一份地图，在图上圈了一座山，说此山清秀峻伟，得天地之青睐，是可以祭天的地方。但在此处祭天，必须祭满九日，方能感召苍天，且须封山静场，驱除闲杂人等，山上只留"魔王"、军师与醉爷三人，结庐而居，素食清酒,以示心诚。"魔王"与军师别无选择,只有照单全收,听凭醉爷的安排。

祭天的场面,甚为壮观。"魔王"手下的四位亲信,各率千把人马,把山的四面围定了,禁止任何人上山。高大的山峰,顿时显得寂静幽深,只有几只飞鸟,偶尔在天空寂寞地盘旋。山的顶端,盖了三间草庐,三位祭天者,各据一方。醉爷安排"魔王"与军师均穿青布长衫,整日坐于草庐的毡上念佛静心,说是如此八天之后,方能正式举行祭天仪式;他自个儿则整天在草庐中饮紫砂壶中的酒,说是为了蓄足精血,待第九日祭天时使将出来。

这么着,苦苦捱到第七天夜里,终于出事了。那一夜,狂风大作,卷起砂石漫天飞舞;继而,电闪雷鸣,凄厉的雷击声在山峰的老树上溅出火光;再接下去,便是凶猛的暴雨自天而降,仿佛天漏一般,浇得遍世界一塌糊涂。最可怕的事情,是在大约午夜时分发生的,突然响起了百倍于雷声的呼啸轰鸣,大地颤抖着摇晃起来,在山峰之上,喷射出刺目的红火,山下的兵将们,在抱头鼠窜的同时,终于明白,这是闹火山了。很久很久以后,目击者回忆起那一晚的情景,还惊惧不已,哆嗦发抖,说:"那是老天发怒,老天惩罚……"

山顶上的三位祭天者,没有留下一丝儿踪影,自不必说。山下的兵将们,包括"魔王"的其他人马,很快作鸟兽散,因为头儿已遭天罚,谁还想跟着垫背呢?

不久之后,在醉爷的老家,后山顶上有人竖起一座亭子,亭中有一面刻上文字的石壁,那文字记叙了醉爷的一生,并把他人生的最后一幕作了解释。说醉爷为"魔王"掠去,既不愿为虎作伥,又想为地方除害,就以祭天为名,将"魔王"骗去火山。但以醉爷之神,虽然算出火山快要喷发,终难确定在哪一天,便假借补山之灵气不足,要"魔王"在山顶住满九日，最后凭天地之力，除去这个杀人如麻的魔鬼。

有人说，这亭子是那些受过"魔王"残害的人凑钱而造。可惜，几年之后，这座醉爷亭又被土匪放火烧了。也许，那匪首是"魔王"遗下的什么人。

更可惜的是，那位被醉爷选为传人的小侄子，奉命陪伴老太太逃遁后，竟再也没有露过面。莫非已死于非命？因此，那两卷抄本不知下落、不传于世，无人知晓抄本中到底有何神秘难测的学问。

这些身后的是是非非，醉爷自然管不得了。群山肃静，只有烧剩底盘的亭子旁，那块刻有"醉爷亭"三字的大青石，稍稍记录了那曾有过的山间风云。

——原刊于《小说界》 1993年第6期

后记

上世纪九十年代,我曾经较多地阅读金庸等人的作品。后来,突发感想,这种带点离奇、神奇的结构,能不能用来表现普通芸芸众生的故事?于是,便陆续写出收入这本集子的几篇作品。不过,读者或许产生疑惑,《蚂蚁与人》一篇,与另外三篇,风格似乎不一样啊。其实,《蚂蚁与人》原本是几千字的短篇,与《仙手》等篇属于一种路子,曾经发表在《广州文艺》,并获得好评。 2018年,由于某些事件的触动,我决定改写此篇,将人物命运的表现延伸多年,遂成为现在的格局,小记以作说明。

孙颙

2020 年 1 月

图书在版编目（CIP）数据

仙手/孙颙著.-上海：上海文艺出版社.2021
ISBN 978-7-5321-7500-0

Ⅰ.①仙… Ⅱ.①孙… Ⅲ.①中篇小说－小说集－中国－当代
②短篇小说－小说集－中国－当代 Ⅳ.①I247.7

中国版本图书馆CIP数据核字(2020)第041967号

发 行 人：	毕　胜
策　　划：	李伟长
责任编辑：	李　霞
封面设计：	钱　祯
封面插画：	施晓颉×公号：痴吃喵
书　　名：	仙　手
作　　者：	孙　颙
出　　版：	上海世纪出版集团　上海文艺出版社
地　　址：	上海市绍兴路7号 200020
发　　行：	上海文艺出版社发行中心
	上海市绍兴路50号 200020 www.ewen.co
印　　刷：	杭州锦鸿数码印刷有限公司
开　　本：	787×1092　1/32
印　　张：	6.25
插　　页：	5
字　　数：	75,000
印　　次：	2021年1月第1版　2021年1月第1次印刷
I S B N：	978-7-5321-7500-0/I・5967
定　　价：	46.00元
告 读 者：	如发现本书有质量问题请与印刷厂质量科联系　T:0571-88855633